NEW YORK, 1954

Séverine Mikan

illustrations de Noah Dao

New York, 1954

Les fragments d'éternité

En application de l'art. L.137-2.-I. du code de la propriété intellectuelle, toute reproduction et/ou divulgation de parties de l'oeuvre dépassant le volume prévu par la loi est expressément interdite.
© Séverine Mikan 2025
© Yooichi Kadono, pour la présente couverture et les Chara Design.
© Noah Dao pour les illustrations intérieures
Édition : BoD · Books on Demand, 31 avenue Saint-Rémy, 57600 Forbach, bod@bod.fr
Impression : Libri Plureos GmbH, Friedensallee 273, 22763 Hamburg (Allemagne)
Dépôt légal : Juin 2025
ISBN : 978-2-8106-2905-3

Table des matières

Prologue	7
Impression	9
Parallaxe	23
Révélateur	45
Cadrage	59
Joule	85
Accentuation	105
Ouverture	139
Obturateur	155
Bruit	167
Point focal	193
Making-of & remerciements	209
Bibliographie	213

Chara Design par Yooichi Kadono

NEW YORK, 1954

Prologue

Nathan appuie une fois de plus sur le déclencheur de son appareil photo.
Clic.
Le son de la petite mécanique de précision scande l'instant. Un geste est saisi au vol. Personne n'y prête attention. Nathan cherche un meilleur angle.
Clic.
C'est une simple répétition.
Clic.
Un local dépouillé de décor, des acteurs sans costumes, l'écrin où peut fleurir librement le talent. Il n'y a rien dans cette salle des ors des scènes de Broadway. Mais tout est là, pourtant, incarné par la présence totale d'un être captivant et vibrant tout entier d'une énergie pure, destructrice, créatrice, absolue.
Clic.
Une heure déjà que Nathan prend image après image, instant après instant. Une heure qu'il mitraille. Le comédien au centre de la scène emporte les mots vers des sommets d'inspiration. Son art à fleur de peau ; son corps, l'outil d'expression parfait ; son visage, mille masques, mille émotions. C'est presque de la possession et absolument ahurissant à observer.
Là, à quelques mètres de celui qui va devenir le tournant de sa carrière de photographe, Nathan n'a qu'à saisir au vol les images qui naissent dans l'instant et meurent aussi vite. Il se sent être l'unique témoin, le chasseur d'éphémères attrapant les surgissements du génie.
Clic.

Ce cliché-ci sera flou, qu'importe !
Clic.
Dans un martèlement galvanisant, l'effet et la vie s'éveillent de chaque « clic ».
Des lèvres pareilles, sur le gris de la pellicule, sembleront peintes.
Et l'éclat d'un regard tel que celui-là ! Si clair qu'il touche l'âme, si sombre qu'il pétrifie le cœur.
Nathan sait qu'en photo comme au cinéma, la beauté est vaine. Le charisme seul capte l'attention. Et ce jeune homme en est l'incarnation.
Clic.
Le personnage héros de cette pièce de théâtre est sans doute un démon ou un fou. Nathan n'y prête aucune attention. Il n'écoute pas vraiment le texte, les mots le traversent sans que leurs sens impressionnent son esprit.
Envoûté, il regarde les mains du comédien suivre un flot de phrases, sa voix flotter en suspension sur une ponctuation. Le geste, l'image se construisent, naissent, fugaces et fascinants.
Là, sous ses yeux, plus vrai et plus intensément vivant que le catalogue entier des personnes que Nathan a un jour pu croiser.
Là, cet homme est le tremblement de terre, le chaos fondamental qu'il a sans doute recherché toute sa vie.
Sa muse.

NEW YORK, 1954

Impression

LORSQUE LA PELLICULE PHOTOGRAPHIQUE EST SOUMISE À UNE EXPOSITION À LA LUMIERE DANS L'APPAREIL PHOTO, IL SE FORME UNE IMAGE LATENTE, INVISIBLE. ON DIT ALORS QUE LA PELLICULE A ÉTÉ IMPRESSIONNÉE.

 Nous étions lundi, un 18 janvier pour être précis. Une date anodine, posée là au hasard sur un calendrier, le genre de date qui ne révèle rien, le genre de date dont on ne se méfie pas. Mais, dans la course du monde, c'est ainsi, souvent, que débutent les aventures vraiment extraordinaires des mecs presque ordinaires.
 Nathan venait de refermer la porte de son hall d'immeuble, de descendre le perron, de faire quelques pas sur le trottoir enneigé. Il remonta jusqu'au menton la fermeture éclair de son blouson et commença à marcher. La ville, sa ville, était déjà bien éveillée. Ébouriffée du petit matin, comme lui. Frissonnante de l'hiver, comme lui. Prête à saisir le jour nouveau, comme lui. Une ville, mais pas n'importe laquelle, la capitale du monde : New York. Urbaine jusqu'à en être la définition. Chaotiquement organique et minérale. Un labyrinthe de tours de béton et de verre. Un damier gigantesque de rues expirant en bouffées de la fumée blanche. Le tournis de la modernité et les restes de la Grande Dépression. Superbe New York,

si vaste, si violente, si belle qu'elle attirait en son sein un flot d'expatriés de toutes classes, de toutes origines, qu'un destin à l'américaine faisait rêver.

Nathan vivait ici, au cœur des tonitruantes années 50. Une période étrange, pleine de contrastes et de contradictions qui n'en finissaient pas de lui taper sur le système autant qu'ils le fascinaient. Nathan était un pur produit de cette ville et de cette époque, un mélange d'élans et de censures, d'audace et de pudeur, d'exils et d'ambitions. Il se complaisait dans le paradoxe : une vie légère pour une âme tourmentée. Le cœur de New York battait au même rythme. Huit ans plus tôt, sur la plus grande artère de la ville, on avait fêté la fin de la guerre, la liberté, la victoire, la paix. Les GI, resplendissants dans leurs uniformes de parade, avaient alors embrassé les infirmières à pleine bouche, pour le plaisir des journalistes, sous une pluie de confettis. Et puis, plus vite qu'on ne l'aurait cru, les anciennes peurs avaient ressurgi et, malgré les joies fraîchement inventées de la consommation de masse, on s'était mis à nouveau à se méfier des autres. Depuis plusieurs années déjà, une chape de plomb était tombée sur la culture et sur les mœurs. La politique paranoïaque du sénateur McCarthy[1] faisait des ravages parmi les artistes et les intellectuels. Malgré cela, en 1954, l'Amérique était le phare du Monde, l'incarnation de l'Avenir et du Progrès, et New York, son diamant scintillant.

En passant au coin de la rue, Nathan jeta un coup d'œil au kiosque à journaux. Sur certaines unes, les photos du mariage de la sublime Marylin Monroe avec le célèbre joueur de baseball Joe DiMaggio.

Cadrage approximatif... Quant à la mariée, on dirait qu'elle vend du dentifrice. Pour le naturel, on repassera,

---

[1] Les persécutions du gouvernement envers les communistes et les homosexuels démarrent au sortir de la guerre. On atteint des sommets d'intolérance en 1953, avec un décret d'Eisenhower autorisant à renvoyer les personnes soupçonnées de perversion sexuelle de tout emploi publique.

commenta intérieurement Nathan d'un avis professionnel.

C'est qu'il en connaissait un rayon sur les mariages de stars ; avec son métier, il en avait même vu un paquet ! Nathan était photographe. Il avait fait son quotidien des tapis rouges des avant-premières et des gros flashs à ampoules qui claquent, secs, dans les nuits de champagne. Il œuvrait dans ce que l'on appelait, aux États-Unis, les magazines de célébrités[2]. Le *Broadway Weekly News*[3], pour lequel il officiait comme reporter-photo depuis quelques années, n'était pas dans la catégorie des torchons à scandales prompts à crucifier les réputations et propager les extrémismes, mais flottait plutôt sur la vague des revues gentiment *people* où les vedettes se laissaient admirer sur papier glacé. Le métier de Nathan consistait donc à prendre des photos de stars montant dans leur limousine, ou à dénicher une exclusivité au détour d'un couloir d'hôtel chic. Parfois, il parvenait à glisser un reportage sérieux entre deux potins clinquants.

Nathan n'aimait pas particulièrement les smokings et les permanentes, qu'il trouvait trop lisses, ni les sourires figés et les poses calculées, qu'il trouvait trop faux. Ce monde-là, à la différence de nombre de ses collègues photographes, ne le faisait pas rêver. Oh, pour être honnête, il n'avait rien contre ce milieu qu'il jugeait gentiment fantasque et globalement pathétique. Il était prêt à le reconnaître : acteur, un métier de clown consistant à faire fantasmer les foules en arrivant à gommer sa vraie personnalité, n'avait pas que des mauvais côtés. Bien souvent, la vie des vedettes et les déboires des nababs d'Hollywood ouvraient, aux habitants des banlieues mornes et des quartiers gris, une étroite fenêtre où s'entrapercevait l'illusion d'un paradis scintillant. L'esprit de New York, c'était ça aussi : la mise

---

2   Dans les années 50, les *Celebrity Magazines,* autre nom anglophone de la « presse *people* », regroupent déjà plusieurs genres allant des tabloïds bourrés de news inventées de toutes pièces aux magazines présentant des photos de vedettes et des reportages plus fouillés.
3   Titre fictif.

en scène, faire rêver le commun des mortels. C'était à cela que pouvaient servir les étoiles, les *stars*. À ça et à nourrir la nuée de parasites accrochés à leurs basques, dont, bon an, mal an, Nathan faisait partie. Pour lui, être photographe pour ce type de parutions n'était pas à proprement parler de la compromission ni de la torture, c'était juste frustrant.

Après avoir quitté les plus petites rues – si tant est que New York possède ce qu'on pouvait appeler des « petites rues » –, Nathan continua sur Canal Street. Là, il s'engouffra dans le métro. Il faisait nettement trop froid pour faire le trajet à pied jusqu'au journal et puis, sur le principe, de toute façon, ça lui aurait pris un temps fou. New York n'était pas une grande ville, c'était une mégalopole ; vouloir la traverser en marchant était une idée ridicule.

Évidemment, la rame de métro était bondée. Rien d'insurmontable. Le photographe se carra dans un angle près de la porte. Avec tout ce monde, il faisait presque chaud. Soudain, avant que les portes ne se referment, un clampin en costume-cravate rentra précipitamment et, pour se créer de la place, lui envoya un coup d'attaché-case un peu vicelard dans la cuisse qui lui fit aboyer un « *fucking asshole !* »[4] bien senti. Personne ne moufta dans la rame. L'homme jaugea Nathan en une seconde et se renfrogna ; il n'était, à l'évidence, pas trop sûr de n'être pas tombé sur un voyou et préféra jouer la carte de l'indifférence.

— Encore un lâche qui roule des mécaniques, puis qui n'assume pas... grommela Nathan dans la barbe qu'il n'avait pas. Pathétique, conclut-il en tournant son regard avec dédain vers la vitre de la porte.

Il se perdit quelques minutes en lui-même, le métro lui servait souvent à ça. Il se savait extrême, emporté, autodestructeur parfois, mais cela faisait partie de lui. Il s'était construit sur des blessures. De là était née une

---

4   Insulte américaine équivalente à « putain de connard ! ».

violence créatrice, une passion pour les fulgurances et les coups de colère... les coups de cœur aussi. Dans sa famille, on avait ça dans le sang.

Le métro fila dans les profondeurs de Manhattan. Les arrêts défilèrent. À la station suivante, profitant du fait qu'un peu d'espace s'était libéré, le photographe se redressa de toute sa hauteur, plaça son sac devant lui et enroula ses bras autour. Il ne voulait pas que le matériel photo à l'intérieur prenne un gnon. D'expérience, si les hématomes avaient une durée de vie temporaire, sur une lentille d'objectif, les dommages étaient nettement plus pérennes. Et son matos, c'était son gagne-pain. Bien plus que ça, même. La photographie était son but, son destin, sa manière de s'exprimer. C'était toute sa vie.

Nathan était un artiste, ou du moins, il voulait en être un. Il avait cette ambition comme d'autres souhaitent réussir dans la finance ou la politique. Être photographe, un vrai photographe, pour lui, c'était partir en quête d'une certaine vérité. Celle de l'image réelle, de l'instant où un regard s'éclaire, où un geste est si spontané que l'âme s'y reflète, où la lumière crue révèle un visage. À travers son objectif, un lieu pouvait être un personnage, et un modèle dépouillé de ses apprêts se parait de sa réalité. Un bon photographe était le miroir du Temps. Nathan avait ce sens de la beauté, cette capacité à aimer la ville de New York pour ce qu'elle renfermait de Vie et de vies. Il voulait se donner à elle, à ces contrastes de gris sur blanc, d'acier sur verre. À ces gens dont les histoires étaient inscrites dans leurs yeux, celles de parents immigrés, celles de réussites et de chagrins, de batailles perdues et gagnées. Nathan était fasciné par le travail des Walker Evans, Robert Franck, Robert Capa[5],

---

5 Walker Evans, Robert Franck : des photographes qui ont parcouru New York dans les années 30-40-50. Leur travail sur le quotidien des New-Yorkais (usines, boutiques, transports en commun) et sur les évolutions de la ville est remarquable. En 1954, Robert Capa, célèbre reporter-photographe de guerre, décède durant le conflit d'Indochine.

tous ces génies du reportage dont les photos étaient de purs instants de vérité. Il voulait être de ceux-là. Sauf que, au plus profond de lui, il devait bien le reconnaître, le déclic n'avait pas encore eu lieu. Il lui manquait quelque chose. Du temps, de l'argent ? Non, c'était plus essentiel : il lui fallait l'étincelle. Une muse, peut-être ?

Concrètement, il fallait avouer que ni la photo d'art ni le reportage ne faisaient manger son homme, à moins d'être notoirement connu. Un loyer, une vie de célibataire à entretenir dans une ville aux mille tentations et où l'argent se gagne aussi vite qu'il se perd, ce n'était pas une mince affaire. Bien sûr, pour lui qui avait longtemps traîné dans les quartiers peu reluisants de Manhattan, toutes ces paillettes, par contraste, lui sortaient par les yeux. Bon, très franchement, malgré ses râleries continuelles, Nathan ne crachait pas sur son boulot. Sa grand-mère lui avait suffisamment soufflé dans les bronches la dernière fois qu'il s'était plaint de gâcher son talent à mitrailler les starlettes.

« Un salaire, ça ne se refuse pas ! avait déclaré sagement la fringante septuagénaire. On est plus comme avant-guerre ! »

Elle avait raison, évidemment, comme souvent d'ailleurs. Mais il trouvait des excuses, malgré tout, à sa frustration. On ne pouvait pas être un homme dans l'Amérique des années 50 et ne pas croire que tous les rêves étaient à portée de main pourvu qu'on ait la volonté de les saisir. L'*American way of life*[6] était sur toutes les lèvres. C'était ce à quoi tous les hommes aspiraient. Un métier qui rapporte, une belle bagnole, une baraque cossue et une jolie petite femme qui attend sagement à la maison avec son brushing impeccable, son tablier amidonné et un gosse

---

6 L'*American way of life* est le mode de vie idéal prôné par les États-Unis au sortir de la Seconde Guerre mondiale : la recherche du bonheur et les bienfaits de la consommation en sont les maîtres-mots.

dans chaque bras. C'était ça, la réussite américaine !

Oui, alors, pour la dernière option, dans le cas de Nathan, on se heurterait certainement à un léger souci de faisabilité. Encore que, après tout, la combinaison épouse et respectabilité de façade le jour, stupre et fornication au détriment de jeunes gens un peu perdus le soir, il y en avait un sacré paquet qui ne fonctionnait qu'à ça. Richard, son ex, aurait pu en être le chef de file. Le porte-étendard... Ah, Richard et son sens de la flexibilité, tout un poème. Nathan jura intérieurement.

Là maintenant, ce qui le gonflait, c'est qu'à trente ans passés de quatre mois, il était plus que temps pour lui de se mettre à réaliser des reportages sérieux s'il voulait, un jour, concrétiser son rêve : être enfin un photographe respecté. Se faire un nom à la une d'un grand magazine comme *Life* ou présenter ses tirages dans la vitrine d'une prestigieuse galerie, être connu même jusqu'en Europe, être le nouveau William Klein[7], ça, ça ferait plaisir à sa grand-mère, qui ne manquait jamais de lui rappeler qu'un détonnant cocktail de sang anglo-franco-ricain coulait dans ses veines. Il ne lui restait donc qu'à saisir sa chance. Pas si simple...

Arrêt Grand Central. Le métro fit là une pause un peu longue. Tous les voyageurs descendaient à cette station. Nathan se laissa entraîner par le flot de travailleurs jusqu'à la sortie de ce qui était la plus grande gare de l'État de New York. À l'extérieur, le vent froid qui s'engouffrait entre les larges avenues lui glaça le cuir chevelu. Il serra les dents et se dit qu'il aurait pu penser à prendre un chapeau. C'était stupide, aucun homme ne sortait sans chapeau par un temps pareil ! S'il ne chopait pas la crève, ça tiendrait du miracle. Fichu début de semaine.

Et pourtant, pour un lundi, sa journée avait plutôt bien

---

[7] William Klein : photographe d'art new-yorkais émigré en Europe après-guerre. Son style provocateur ne plaît pas aux États-Unis où il est né, mais convient parfaitement à sa patrie d'adoption : la France.

commencé. Il n'avait pas totalement brûlé son café du matin, sa nuit avait été globalement bonne, puisque les voisins du dessous avaient opté pour l'abstinence depuis trois jours, et, par lubie ou élan nostalgique, Nathan avait décidé de revêtir le blouson d'aviateur de son père. Ce qui, il le savait, ne manquait jamais de lui donner des airs à la Hemingway. Il était plutôt bel homme, on le lui avait déjà dit : grand, les cheveux coupés court, le style viril, un regard intense et un sourire de séducteur. Sa silhouette était le fruit de l'union du charme à l'européenne venant de sa mère et de l'insolente confiance en soi typiquement américaine refilée par son père. Alors, avec le cuir du paternel sur les épaules, c'était Carol, la dactylo du patron, qui allait encore en glousser toute la journée. Certes, elle n'avait aucune chance avec lui, mais par les temps qui couraient, ça valait toujours le coup d'entretenir une réputation de tombeur. Avec l'ambiance qui régnait dans le pays, il valait mieux prendre la virilité très au sérieux, faute de quoi on y risquait souvent bien plus que son honneur.

L'horloge de la gare sonna 8 h 30. Il devait se dépêcher, son patron l'attendait à 9 heures tapantes. Toutefois, ce que Nathan ignorait, c'est que le hasard et la malchance n'en avaient pas encore fini avec lui aujourd'hui. Enfin, de la malchance, c'était ce que le photographe avait d'abord pensé face à une situation un poil subite. Il faut avouer que des histoires d'amour qui naissent le cul dans la neige, on n'en trouve pas de quoi remplir des annuaires. Ainsi, alors qu'il remontait d'un bon pas la 42e Rue, les mains dans les poches et son sac photo en bandoulière, c'est le hasard, en la personne d'un type particulièrement maladroit, qui lui tomba dessus. Littéralement, puisqu'en ce matin de janvier new-yorkais, Nathan se retrouva les fesses dans la neige fondue qui nappait le trottoir, après avoir tenté de rattraper au vol un inconnu qui, lui-même, avait fini dans ses bras.

— Bon sang ! s'exclama le photographe, pour le coup bien réveillé.

Génial, direct le cul dans l'eau glacée !

Pas peu fumant, Nathan s'apprêta à démarrer sur une gueulante de premier choix contenant un bon paquet de « *fuck* », lorsque l'apprenti cascadeur le devança :

— Pardon, pardon, je suis infiniment désolé ! s'excusa l'inconnu avec le ton de la parfaite sincérité.

Lui aussi barbotait dans la neige tout en tentant de se relever sans s'appuyer plus que nécessaire sur Nathan. On aurait dit un chaton angora tombé dans une flaque de boue. Il portait un pull, à l'évidence trois fois trop large, doublé d'une veste en velours et d'un manteau ouvert, le tout surmonté d'une écharpe de grosse laine qui lui mangeait le visage. Sa tignasse noire, joliment ébouriffée, lui cachait en partie les yeux, que Nathan entrevit pourtant. Des prunelles immenses, pétillantes comme une limonade fraîche...

— Vous allez être trempé, mince ! reprit-il. Vous ne vous êtes pas fait mal, au moins ?

... et un accent de je ne sais où absolument irrésistible.

Nathan ravala son mécontentement.

— Non, ce n'est rien. Je survivrai, ronchonna-t-il pour la forme tout en se relevant.

Après tout, ce n'était la faute de personne, à part peut-être de la météo, si le trottoir était glissant. Le photographe se désempêtra maladroitement du nœud de bras, genoux et sacs causé par la situation et avisa les dégâts. Blouson du paternel : RAS. Précieux sac photo : RAS. Par contre, à en juger par l'atroce sensation de froid coulant sur ses fesses, le derrière de son pantalon était trempé. Sur le tissu clair, la boue neigeuse ferait un effet du meilleur goût. Sans possibilité de se changer, sa matinée de travail, si ce n'est sa journée, allait être exécrable. Pour le coup, Carol allait rigoler et toute la rédac avec elle. Il soupira, résigné.

Le jeune homme commença à ramasser au sol un paquet de feuilles éparses et passablement détrempées qu'il avait laissé échapper pendant son vol plané. Nathan l'aida spontanément, surpris lui-même de prendre les choses aussi bien. OK, il n'allait pas se mentir, son humeur était en bonne partie adoucie pour une raison plus bassement prosaïque : le désir. Car le garçon maladroit faisait un tableau particulièrement charmant, accroupi ainsi sur le trottoir comme un gamin jouant aux billes. Ses mains fines, couvertes en partie par des mitaines, saisissaient les documents avec précaution. Nathan observa également ses poignets, d'une délicatesse peu commune.

— Oh mince, ça va être illisible. Hermine va me tuer, elle a passé la nuit à taper ça, commenta l'inconnu en soupirant.

Du revers de la manche, il repoussa les mèches qui tombaient sur ses yeux sans pour autant lâcher les pages mouillées. Il se mordit les lèvres et déglutit avec une moue proprement adorable et Nathan, sentant une fièvre bien reconnaissable lui descendre le long de l'échine, décida de reporter son attention sur le ramassage des documents. Sur les feuilles, il reconnut des lignes tapuscrites, des dialogues, des notes, des didascalies : un script ?

— Vous êtes acteur ? demanda-t-il, intrigué.

Il n'avait pas pu s'en empêcher, un instinct de journaliste, ou une bonne excuse pour être curieux. Ayant fini de collecter les pages trempées, les deux hommes se relevèrent en même temps. L'inconnu, peut-être un peu surpris par la question, jaugea Nathan une seconde avant de répondre :

— Presque : comédien de théâtre. Enfin...

Une petite flamme où brillait le reconnaissable éclat de la passion s'alluma un instant dans son regard.

— « Comédien », c'est un grand mot, concéda-t-il.

Je fais ça en amateur et puis c'est pour un projet. Enfin bref, plus objectivement : je suis étudiant en littérature et psychologie à Columbia.

Il fourra les feuilles dans une chemise cartonnée qui termina écrasée dans sa sacoche et releva les yeux vers Nathan. Son visage s'éclaira d'un sourire lumineux, qui fit naître une drôle de décharge électrique dans le cœur du photographe. Un visage aussi expressif, il n'en croisait pas tous les jours.

— Puis-je me permettre de vous offrir un café pour tenter de me faire pardonner pour cet incident ? demanda l'inconnu d'une voix à la fois franche et douce à laquelle il devait être difficile, d'ordinaire, de refuser quoi que ce soit.

Nathan se sentit totalement pris au dépourvu. Il n'était pas habitué à ce que des étudiants maladroits lui proposent un rencard en pleine rue à 9 heures du mat' ! Comment devait-il prendre cette invitation ? D'habitude, la drague de rue, c'était plutôt à Time Square et les garçons portaient des T-shirts noirs moulants, des jeans roulés aux chevilles et des ceintures aux boucles rutilantes. Et ceux qui les ramassaient étaient souvent l'archétype des vieux pervers du genre de ceux que l'on voyait dans les films éducatifs pour la jeunesse.

« Méfiez-vous de la fameuse déviance, celle qui s'attrape au contact de ces gens-là ! Attention, c'est aussi contagieux que la grippe ! Et après : trop tard ! Car ce vice mène à la drogue, au vol, à l'assassinat et, allez savoir, au communisme peut-être aussi[8] ! »

Nathan chassa avec hargne le fil de propagande haineuse dont son cerveau était farci. Lui qui s'était promis

---

8 Un article du magazine *Coronet* en septembre 1950 va marquer les esprits des familles américaines : « *New Moral Menace to Our Youth* » (La nouvelle menace sur votre Jeunesse), écrit par Ralph H. Major, Jr. En résumé : l'homosexualité est une perversion qui, comme un virus, corrompt la jeunesse et se propage. Il faut la soigner, sinon elle mène à la violence, à la drogue, au meurtre ou au suicide. De quoi faire trembler les mères de famille !

de freiner un peu sur la paranoïa, ça partait mal. Vu le style d'intello paumé du gamin, ce n'était pas une invitation connotée, juste une manière d'être poli.

— Eh bien, oui, euh... oui, mais pas maintenant, répondit-il aimablement, quoiqu'un peu tendu. Ma journée est déjà bien occupée. Demain, si vous voulez ?

— Demain, oui. Parfait ! Au San Remo Café ? C'est dans le sud du *Village*[9], à l'angle de MacDougal et Bleecker Street, à 18 heures, ça vous va ? J'ai une amie qui y travaille. Elle s'appelle Hella, vous ne devriez pas la louper.

Au fait, moi, c'est Neal. Neal Willows, balança l'étudiant d'une seule traite, sans reprendre son souffle, et visiblement enthousiaste à la perspective oiseuse de passer une soirée avec un trentenaire taiseux.

C'était un phénomène, ce gosse ! On ne lui avait jamais appris à éviter les mâles plus âgés comme la peste ? Et puis le San Remo, quelle idée ! Enfin, ce n'était pas le pire des rades du quartier.

— Nathanaël Atkins, répondit tout de même poliment Nathan, histoire de ne pas passer pour un ours (et parce que, dans sa tête, sa grand-mère l'engueulait sur son manque de courtoisie).

Neal eut un soupir amusé, mêlant imperceptiblement sur son visage l'innocence à une pointe d'effronterie. Sans doute pour clore leur conversation, il offrit sa main à demi couverte de laine à Nathan. Celui-ci, se décongelant

---

9 Quartier de New York, de nos jours connu pour être le Q.G. de la communauté LGBT. En 1954, c'était plus généralement le quartier Bohème, terreau de la culture beatnik, peuplé de poètes, écrivains, étudiants en quête de liberté.

un peu, s'en saisit dans un salut amical. Neal avait les doigts frigorifiés. Et Nathan se surprit à avoir envie de les garder plus longtemps au creux des siens pour les sentir se réchauffer. Cette frêle silhouette qu'il devinait sous les couches de vêtements et ce sourire désarmant de candeur réveillaient en lui un instinct de protection, étrangement réconfortant, quoiqu'un peu effrayant ; quelque chose tenant à la fois du doux foyer vers lequel on s'en retourne après un long voyage, et du crépitement de la mèche d'un feu d'artifice juste avant que la nuit s'embrase. Apaisement, excitation, un cocktail explosif. Nathan était définitivement intrigué et, autant l'admettre : séduit. Avant qu'il n'ait eu le loisir d'étendre cette réflexion, Neal lâcha sa main, ajusta la lanière de son sac sur son épaule et, en commençant à s'éloigner, lui lança :

— À demain, Nat !

— Oui, à demain, répondit le susnommé par réflexe.

Le photographe resta une minute planté comme un drapeau tandis que le jeune homme disparaissait au coin de la rue. Il l'avait appelé *Nat*. Personne ne l'appelait *Nat* !

Surprenante rencontre.

Drôle d'impression.

NEW YORK, 1954

Parallaxe

LA PARALLAXE EST LA DIFFÉRENCE ENTRE LES AXES OPTIQUES DU VISEUR ET DE L'OBJECTIF, QUI PEUT SE TRADUIRE PAR UNE ERREUR DE CADRAGE SUR LA PHOTO.

Nathan arriva au pied du bâtiment du *Broadway Weekly News* une demi-heure plus tard. Avec ses briques pelées, ses fenêtres sales et son entrée encombrée de panneaux publicitaires, la façade avait connu des jours meilleurs. Juste en face, le Chanin Building, rutilant dans son habit années 20, tout en lignes élégantes et fleurs stylisées, était l'éclat de ce bout de la 42ᵉ Avenue ; et cela sans parler de la grande banque *Bowery Savings*, gigantesque bizarrerie néo-romane, au portail façon cathédrale saxonne, qui écrasait de son ombre les immeubles voisins. Au milieu de tout ça, les locaux du *BWN* faisaient figure de trou à rat proche de la démolition. Pour autant, situé en plein quartier de Midtown, à deux pas de Time Square et de la prestigieuse Broadway, c'était le lieu idéal pour le Q.G. d'un magazine people. Et puis, c'était aussi ça, la beauté de New York : un contraste permanent entre le luxe de la modernité et le charme de la décrépitude.

Nathan poussa la porte vitrée. Au guichet d'accueil, il y avait Maggie ou Margie ou Sandy, bref, la nouvelle standardiste, arrivée quatre jours plus tôt et qui semblait débordée, comme toutes les standardistes de cette ville. Dans un coin du hall, la Kwik Kafe[10] fonctionnait en continu, alimentant en jus de chaussette caféiné une armée de journalistes luttant, bouclage après bouclage, contre un déficit chronique de sommeil. Dans le tas, Nathan salua Moses, le technicien en chef du labo photo, un petit gars à l'âge indéterminé, front haut, veste en tweed et sourire de blagueur perpétuel. C'était le seul mec en qui il avait confiance dans ce nid de fouineurs. Moses avisa son pantalon trempé et lui fit une grimace interrogative. Nathan lui renvoya un « après » muet, accompagné d'un geste mimant le « Ch'uis à la bourre, mais on s'en recause ». Puis il se précipita vers l'ascenseur, se tassa dans la cage minuscule, tira le rideau métallique et appuya sur le bouton en cuivre de l'étage. Il ne fallait pas être claustrophobe quand on prenait ce genre de boîte de conserve mouvante. D'habitude, Nathan était plutôt un adepte de l'escalier, mais, aujourd'hui, il avait rendez-vous avec le patron, il s'agissait de ne pas traîner. Le bonhomme n'était pas connu pour sa patience.

Au 6e, il prit l'étroit couloir menant à l'antichambre du boss, un minuscule clapier où régnait Carol, la dactylo et, de fait, l'employée la plus patiente de toute la rédaction. Une compétence à la limite du super pouvoir qu'elle avait acquise comme secrétaire d'une base navale du Pacifique – enfin, à ce qu'on disait – et qui s'avérait indispensable pour supporter les éclats d'humeur de Robert L. Garret Jr, directeur du magazine et énervé notoire.

Lorsque Nathan se présenta devant le bureau de Carol, celle-ci ouvrit de grands yeux en voyant son pantalon

---

10 La Kwik Kafe est le nom du premier modèle de machine à café d'entreprise inventé par la compagnie américaine Rudd-Melikian en 1947. Succès immédiat, en 1955, près de 60 000 entreprises en sont équipées aux USA !

détrempé. Toutefois, pour couper court aux remarques qui ne manqueraient pas de mener à du papotage, puis à des rumeurs, il la devança immédiatement :

— Bonjour, Carol, j'ai rendez-vous avec le boss.

— Je sais, je sais, il t'attend, rétorqua-t-elle, visiblement vexée de n'avoir pas eu d'explication à la dizaine de questions qu'il ne lui avait pas laissé le temps de poser.

Nathan lui balança un sourire éclatant. La connaissant, elle ne bouderait pas longtemps. Et, en effet, lorsqu'il se tourna vers le bureau de Garret, il entendit Carol glousser. Elle avait certainement vu l'état de son postérieur. Le photographe poussa un soupir résigné. Cette journée allait être un calvaire. Il frappa à la porte mi-bois, mi-vitre fumée sur laquelle était gravé et passé à l'or fin « The Boss ». Pas « directeur », pas « rédacteur en chef », juste « The Boss ». Garret ne s'encombrait pas de protocole, il préférait que les gens sachent tout de suite à qui ils avaient affaire.

— Ouais, entre ! tonna une voix à l'intérieur.

Nathan ouvrit. Encombré de paperasses, de cendriers pleins de mégots de cigares, de meubles en bois sombre et avec des stores vénitiens aux fenêtres, le bureau de Garret avait tout du décor de film noir. Son patron relisait des textes pour l'édition de la semaine à venir. Au bout d'une bonne minute, il leva les yeux et fronça les sourcils devant la dégaine de Nathan.

— Alors, Atkins, c'est quoi cette tête de ravi de la crèche et ce look de clochard, tu t'es fait sucer la queue entre deux poubelles ou quoi ?

Très fin. Typique. Nathan ravala un toussotement amusé.

— Non, non, hum, c'est un genre de hasard, je crois que je tiens un sujet. Je ne sais pas. Enfin, bref. Vous avez un job pour moi aujourd'hui, boss ?

— Ouais. Fais briller tes pompes et passe-toi un coup

de peigne, demain, y a le *Charity Gala* de la Warner[11]. J'ai une invit' pour couvrir l'arrivée des limos et la soirée paillettes, et c'est pour toi ! C'est le genre exclusif, j'ai fait marcher les relations et tiré les bonnes ficelles, y aura que nous ou presque à la noce.

Garret balançait toujours des tirades comme ça pour se donner l'air de faire partie d'une sorte de pègre ultra influente, qui faisait la pluie et le beau temps sur Broadway. Dans les faits, c'était vrai et faux. Vrai, parce que les stars étaient bien contentes de venir le trouver quand elles voulaient qu'un petit scandale joliment tourné dans les pages de son magazine relance leur carrière ; faux, parce qu'avec deux-trois coups de fil, certaines figures d'Hollywood pouvaient lui faire fermer boutique.

— Formidable, répondit Nathan d'un air un peu blasé.

Encore du maquillage par pelletées et des fronts qui brillent !

Ce n'était pas avec ça qu'il allait devenir une figure du reportage. Son patron, plus fin observateur que son allure de gorille le laissait entendre, lui renvoya aussi sec :

— De rien. Cache ta joie, t'as plus besoin de fric ? Tu préfères que je file le job à Bernie ? Pas de problème, il passe très bien aux soirées mondaines !

— Non, ça ira.

Nathan corrigea immédiatement son attitude ; il en avait besoin, de ce job, et ce n'était pas la peine de jouer aux petits cons insolents avec Garret.

— Il y aura qui ? demanda-t-il en prenant l'air de s'intéresser réellement à la question – le boss ne fut certainement pas dupe, mais ne le montra pas.

— La délicieuse Lauren Bacall et son porte-manteau.

---

11 La Warner Bros, célèbre maison de production américaine, qui n'hésite pas à la fin des années 40 à dénoncer ses propres collaborateurs communistes pour casser les mouvements syndicaux, lesquels freinent sa course au profit.

— Bogart[12] ?
— Mouais, c'est ça.
— Ça va ramener du monde...
— Je pense bien. C'est un boulot tranquille. Il me faut du classieux : sourires, belles robes, de l'élégance, de la tenue, du bon goût avec la touche de clinquant qui émoustille les dames. Tu sais faire, non ?

Nathan releva un sourcil et se mit à sourire. Il avait bossé son personnage, tout le monde le prenait pour le chouchou du beau sexe. Ce qui n'était pas à proprement parler faux, puisqu'il entretenait généralement d'excellents rapports avec les dames. Mais, ce matin, son rôle de séducteur sûr de lui et impertinent ne sembla pas amuser le patron.

— Efface-moi cette tronche de satisfait, Atkins. T'as beau être le moins crétin de la rédaction, si tu me loupes ce plan-là, je te vire.

Pour le coup, Nathan ravala son sourire. Il remonta sa bretelle de sac sur son épaule. Des remarques acerbes de Garrett ou de son séant trempé, il en était à se demander ce qui était le plus désagréable quand un déclic se fit dans son cerveau.

— Attendez, vous avez dit demain soir ? s'exclama-t-il, se souvenant du rendez-vous avec Neal.

— Ouais, grogna Garret. 20 heures 30 à l'Hôtel Plaza. Quoi ? Me dis pas que c'est l'anniversaire de ta grand-mère ?

— Non, c'est bon, je vais me débrouiller, répondit Nathan en grommelant un peu.

— Va pas te plaindre non plus. Tu préfères que je te colle aux faits divers ? C'est pas le job le plus chiant du monde, prendre des photos de starlettes qui sentent la rose tout en te gavant de petits fours, tu m'en trouveras des plans

---

12 Belle gueule du cinéma hollywoodien, Humphrey Bogart a épousé Lauren Bacall après une rencontre coup de foudre sur le tournage du film *Le Port de l'angoisse*, qui fera de l'actrice une vedette des films noirs.

comme ça !

Nathan ne put s'empêcher de sourire. Garret n'avait pas tort. Il fallait juste qu'il trouve un moyen d'enchaîner les deux rendez-vous.

— OK, ça marche. Ce soir, je repasse mon costume de pingouin.

— C'est ça. Bon, tant que t'es là, va voir Moses, y a des tirages à toi à trier pour la maquette du prochain numéro.

Sans demander son reste, Nathan sortit du bureau. En repassant devant Carol, il se fendit d'un clin d'œil et celle-ci leva les yeux au ciel. Il l'avait à la bonne, il le savait et elle savait qu'il le savait. En clair, il abusait allégrement de sa gentillesse, et elle, pourtant pas dupe, rentrait dans son jeu pour le plaisir. Carol lui tendit l'invitation pour le gala du lendemain, qu'il rangea aussitôt dans son sac. Puis, après être passé rapidement aux toilettes pour essayer d'éponger le gros de la flotte sur son pantalon, il fila au 4e, où il retrouva les trois gars du labo photo en plein boulot de sélection des clichés fraîchement développés. Ils avaient installé tout leur fatras dans la grande salle commune. Celle-ci était plus lumineuse encore qu'une chambre d'hôpital ; non seulement de larges fenêtres sans rideaux s'ouvraient sur deux pans de mur, mais tous les plafonniers étaient allumés, alors qu'il n'était même pas 10 heures.

— Salut, les gars ! Eh bien, on joue les plantes en serre ? plaisanta Nathan en arrivant.

Moses releva le nez de la table. À force de passer leur temps dans l'obscurité du labo, lui et ses collègues avaient pris un teint grisâtre caractéristique des techniciens photo.

— Ouais, c'est ça, on a besoin de lumière sinon on dépérit, renvoya-t-il, goguenard. Alors, comment ça va, l'aventurier ? Pas trop froid au cul ?

Nathan contint un rire qu'il transforma en grognement d'inconfort lorsqu'il s'installa sur le tabouret à côté de

Moses. Sur la table s'étalaient des dizaines de planches-contacts où les photos étaient alignées en vignettes. C'était l'étape du tri. Le jeu consistait à rayer au feutre rouge les ratées et entourer les réussies. Le patron ferait la sélection finale à paraître dans l'édition du samedi.

Nathan récupéra les feuilles avec ses propres clichés et un marqueur, puis commença son choix. Il aimait bien travailler là-dessus, c'était un excellent moyen de se faire l'œil : repérer la bonne image, éliminer les autres, étudier ses erreurs. Cette série-là avait été prise à la soirée organisée par le producteur de Marlon Brando pour fêter sa nomination au BAFTA du meilleur acteur étranger[13]. Beau joueur, la plus belle gueule du cinéma américain – selon Nathan et probablement les trois quarts de la population homosexuelle masculine des États-Unis – avait invité deux de ses concurrents, Spencer Tracy et Grégory Peck, à la fête. Une brochette de gars bien bâtis et virils comme l'Amérique les aimait. Un regret toutefois : sur les photos de cette soirée, Brando portait un costard très chic au lieu du fameux marcel blanc trempé de sueur qu'il arborait trois ans plus tôt dans le film de Kazan. Nathan avait bien dû aller voir au moins quatre fois *Un tramway nommé Désir*[14] et s'était retenu, à chaque fois, de ne pas se branler directement dans la salle de ciné. Au Thalia, le cinéma vaguement d'art et d'essai du *Village*, il était clair, vu l'odeur flottant dans la salle à la fin de la projection, que certains n'avaient pas eu autant de scrupules.

Le photographe émit un souffle amusé à ce souvenir. Sur les photos de Nathan, les trois acteurs avaient l'air coincés comme des premiers communiants dans leurs

---

13   C'est pour *Jules César*, réalisé par Joseph L. Mankiewicz, sur une adaptation de la pièce de Shakespeare, que Marlon Brando (qui joue le rôle de Marc-Antoine) fut nominé et gagna le BAFTA en 1954.
14   *Un tramway nommé Désir*, film réalisé par Elia Kazan et adapté de la pièce de Tennessee Williams, est un tournant de l'art cinématographique, les pulsions sexuelles y font une entrée fracassante ! La Ligue pour la vertu américaine a failli interdire le film à sa sortie en 1951.

vestes de costume. Rien de très sexy dans tout ça. Il ratura deux clichés flous. Tout le monde bossa en silence pendant une demi-heure. Puis les deux adjoints de Moses décidèrent de prendre une pause. Ils embarquèrent leurs paquets de clopes et descendirent à la machine à café de l'accueil. Nathan et lui restèrent seuls dans la pièce.

— Alors, tu vas me raconter l'histoire de ce pantalon, camarade ? Tu sais que ça a déjà fait le tour de la rédaction, commenta soudain Moses en posant sa loupe sur une pile de clichés.

Nathan poussa un petit soupir résigné.

— Vous avez vraiment que ça à foutre de vos journées, les gars. Et arrête de m'appeler « camarade », tu veux qu'on se fasse dénoncer ? ajouta-t-il en râlant.

C'est la journée des naïfs ou quoi ? pensa-t-il, irrité.

Ce n'était pas parce que McCarthy était en train de se faire savonner la planche par deux-trois juges un peu remontés que les arrestations étaient terminées[15]. La peur hystérique du communisme constituait une manne pour les énervés de tout poil : ségrégationnistes, antisémites, homophobes. Ils collaient l'épithète de « communiste » sur tout ce qui menaçait de chambouler leur conception des valeurs américaines, et voilà, vous étiez un ennemi de l'Amérique. La moindre incartade et on pouvait être dénoncé, Richard le lui avait bien fait comprendre. Comme la fois où il avait eu le malheur de vouloir lui prendre la main en pleine rue... La volée qu'il s'était prise ! Il n'était pas près de l'oublier. Cela remontait à quelques années déjà, mais...

— Ça va, me la fais pas à l'envers, renvoya Moses en tranchant fort opportunément le fil des sombres souvenirs du photographe. J'ai pas plus l'air d'être communiste que

---

15 L'année 1954 signe la fin du sénateur Joseph McCarthy, lequel va finir par tomber au cours d'un procès retentissant. Cependant, sa politique répressive mettra encore quelques années avant de décliner.

t'as l'air d'être pédé, Nathan. Les féd' ont autre chose à glander que de venir poser des micros-espions dans le labo d'un journal à starlettes.

— Ouais ? Détrompe-toi, les journaux, y a pas plus gros repère de vendus.

— Dit le mec qui bosse pour eux depuis, quoi... ? Dix ans ?

— Sept ! N'en rajoute pas, j'ai pas ton âge canonique, plaisanta Nathan pour détendre l'atmosphère, car il se sentait un peu bête de s'être emporté.

— C'est ça. Bon allez, raconte à ton vieux pote, enchaîna Moses.

— Y a rien à dire, je me suis pris un gadin dans la rue en arrivant parce qu'un type regardait pas où il allait et m'est rentré dedans.

— Et ainsi se dessina une merveilleuse histoire d'amour...

Nathan se passa la main sur le visage. Ce gars-là pouvait être tellement lourd parfois. Le pire, c'est qu'il n'avait jamais rien dit à Moses de ses préférences sexuelles. Ce dernier avait deviné, allez savoir comment, et n'en avait touché mot à personne, allez savoir pourquoi. De son côté, Nathan avait deviné que le technicien faisait partie d'un inoffensif cercle d'intellos de gauche, vaguement communiste. Ça leur faisait un genre d'équilibre des secrets. Un « levier de coercition », aurait dit Richard. Un « ami loyal », dirait Mamie Liz.

— Bon, avant que tu me pondes tout un roman : non, c'est pas le coup de foudre. Mais, oui, c'est une rencontre intéressante. Je voudrais bien essayer de le prendre en photo pour voir ce qu'il donne sur la péloche. Il a un truc qui attire le regard.

Moses haussa les sourcils jusqu'au-dessus de ses lunettes d'écaille.

— Donc, t'as ses coordonnées, hasarda-t-il.

Nathan se prit à sourire à pleines dents. Ce gars-là était une vraie commère.
— J'ai mieux...
— Oh purée, t'as déjà un rencard ! s'exclama Moses, pris au jeu.

Nathan allait lui répondre quand, au même instant, les deux collègues revinrent dans le bureau. Le photographe, qui leur tournait le dos, fit une grimace en soufflant un « *fuck* » entre ses dents.

— Qui c'est qu'a un rencard ? C'est Atkins ? T'as chopé qui, encore, putain de tombeur ? balança le moins sourd des deux.

Nathan se redonna une contenance en toussotant, fouilla dans sa sacoche et lança :

— Lauren Bacall, déclara-t-il avec un aplomb sans faille. Je la retrouve à l'Hôtel Plaza demain soir, tiens, regarde, j'ai même l'invit' !

Tout le monde considéra avec une totale sidération le bout de carton doré qu'il tenait nonchalamment entre deux doigts. Quand soudain Moses eut un sursaut de compréhension :

— Ah, c'est toi qui couvres le *Charity Gala* de la Warner ! Oh la vache, j'ai failli le croire, ce con !

Puis il partit d'un éclat de rire. Le reste du groupe fut gagné par la même hilarité et la question du rencard fut enterrée au grand soulagement de Nathan, qui resta mutique tout le long de la matinée. Il n'aimait pas les situations où il passait trop près du feu. Ça lui filait des crises d'angoisse. Heureusement, le reste de sa journée fut bien occupé. Et il finit par ne plus repenser à tout ça. Ce n'est que le lendemain, au réveil, qu'il réalisa que l'organisation de son emploi du temps de la soirée risquait de relever du travail d'équilibriste !

***

Arriver au San Remo[16] en fin d'après-midi, c'était un peu comme se retrouver dans la salle à manger d'un motel du Nevada avant le déjeuner, la touche vaguement napolitaine en prime. Glauque, mais cosy. Ce bar, car c'était bien un bar et pas un café malgré son nom, « SAN REMO CAFÉ » écrit en gros sur un pilier à l'entrée, était une sorte d'enclave de *Little Italy*, bien que situé dans le sud du *Village*. Tenu par un mec louche, fricotant potentiellement avec la mafia locale, ce qui en soi n'avait rien d'extraordinaire dans le coin, il n'était pas rare que certains clients difficiles se fassent virer de là à coups de batte de baseball en cas de désaccord avec la direction. Depuis que le White Horse, pas loin, était devenu le nid des dissidents politiques et autres énervés du débat d'idées, le Remo, comme l'appelait les habitués, s'était récupéré tous les autres clients moins politisés : jeunes artistes, intellos, consommateurs de drogues et créatifs barrés, rejoints le soir par un noyau dur d'homosexuels.

À 18 heures, un mardi, l'ambiance était résolument et désespérément calme, quasi feutrée, à peine animée par quelques rares clients, dont certains jouaient aux échecs au fond de la salle, et par les notes lancinantes et jazzy que diffusait un tourne-disque posé sur un guéridon en formica[17] près du comptoir. Le décor ? Un plafond à petits caissons, au sol des carreaux blancs et noirs façon vieille cuisine familiale, et pour l'éclairage la lumière douce de suspensions en verre dépoli. Il y avait des miroirs partout. Pour autant, la salle était assez sombre, même en journée et malgré les deux devantures vitrées, l'une donnant sur MacDougal Street, l'autre sur Bleecker. Il flottait dans l'air

---

16   La meilleure description que vous trouverez du San Remo est celle de Jack Kerouac dans *The Subterraneans*. C'était son rade, le repère des beatniks et artistes en tout genre. Il ferma en 1967.
17   Le Formica est le nom d'une marque de mélaminé, un matériau composite comprenant une feuille de plastique ne craignant pas la chaleur sur le dessus. Une révolution pour les tables de cuisine et les plans de travail après-guerre !

une odeur de bière et de cigarettes.

Autant dire que quand Nathan entra dans la salle avec son costard noir, son veston, son nœud papillon et son chapeau Fédora à la main, il se sentit aussi à l'aise qu'une nonne dans une boîte de strip-tease. Mais il n'avait pas pu faire autrement. Dans pas loin d'une heure, il devait être sur les marches de l'Hôtel Plaza sur la 5e Avenue, juste en face de Central Park. Le genre d'endroit où on ne rentrait pas en jean et blouson de cuir. Il lui aurait été impossible de repasser chez lui pour se changer entre les deux rendez-vous. Sauf que le San Remo n'était vraiment pas ce que l'on faisait de plus select dans le quartier, alors, porter un costard ici, ça tenait presque de la provocation. Évidemment, à peine eut-il fait un pas dans la salle que la serveuse, une grande fille à l'allure de reine éthiopienne, le héla :

— Pour les mariages, c'est pas ici ! balança-t-elle d'un ton moqueur.

Dans la salle, deux grands-pères se mirent à rigoler.

— Si vous êtes catholique, j'vous conseille Saint-Joseph, jeune homme, compléta le plus rabougri du duo. C'est à côté, vous remontez la 6e et ça sera la quatrième rue sur votre gauche, c'est là qu'on a marié ma nièce.

Son compagnon de tablée gloussa encore plus fort. Les deux vieux avaient l'âge et l'allure à nourrir les écureuils de Washington Square avec des cacahuètes ramenées dans des sacs en papier[18].

Nathan prit le faux conseil sans ciller et renvoya aux deux aïeux un sourire entendu sans desserrer les dents. Puis il s'approcha du comptoir rutilant comme un sou neuf et s'assit sur un tabouret haut. Il posa un coude sur le zinc avec aplomb. La serveuse le dévisagea d'un œil particulièrement suspicieux et fronça les sourcils. Nathan soutint son regard.

---

18   Occupation typique, avec les échecs, des personnes âgées venant s'asseoir sur les bancs de ce parc situé au sud de *Greenwich Village*, et cela depuis des temps immémoriaux.

Il avait une idée assez précise de ce qui trottait dans la tête de la jeune femme. Des mecs habillés comme lui, dans les bars du *Village*, n'avaient le plus souvent qu'une seule motivation : draguer des gamins paumés et les ramener dans un hôtel pour un plan cul d'une heure[19]. Ensuite, ils rejoignaient leur femme dans leur bel appartement sur Park Avenue. Un petit *cinq à sept* à la française. Pas de remords, pas de scrupules et surtout jamais un souci avec la police. Ce n'étaient pas ces gars-là qu'on embarquait lorsqu'il y avait des descentes dans les bars comme celui-ci.

Nathan savait de quoi il parlait, c'était plus ou moins comme ça qu'il avait rencontré Richard. Il avait, quoi ? Dix-huit ans, pas plus. À l'époque, il n'y avait eu personne pour lui dire que suivre un type comme lui n'était pas une bonne idée. Est-ce que la serveuse, qui paraissait avoir du caractère, aurait le courage de formuler sa pensée ? Échauffé par ce souvenir douloureux, Nathan décida de pousser plus loin l'expérience.

— Qu'est-ce qu'il prendra, le monsieur chic ? demanda-t-elle finalement sans chaleur aucune dans la voix.

Le photographe colla sur son visage un sourire particulièrement satisfait. Le portrait parfait du mec imbu de lui-même, qui vous embobine n'importe qui en deux phrases. Le genre de sourire que Richard avait arboré à leur première rencontre. Ce soir-là, il n'avait même pas eu besoin de deux phrases. Le double de son âge ou presque, beau mec, sûr de lui et blindé d'oseille. Un vrai connard,

---

19 Il y a même des clubs/bars connus pour cela : *L'Astor bar*, par exemple, drainait tout ce que New York avait de *sugar daddies* à l'époque.

mais un connard incroyablement séduisant. Le coup de foudre pour le jeune crétin qu'il avait été. En même pas une heure, Nathan s'était retrouvé à lui sucer la queue dans une chambre d'hôtel. Dix minutes plus tard, il se faisait tringler sans ménagement, les dents serrées sur un oreiller qui sentait la sueur. C'était sa première fois avec un mec et pas exactement le style de souvenir romantique qu'on aimait se rappeler le soir au coin du feu.

Aujourd'hui, avec son costard et son sourire de tombeur, Nathan devinait sans mal à quoi il devait ressembler aux yeux de la jolie serveuse. Ça lui colla un drôle de nœud dans le bide. Ce petit jeu était complètement stupide, il le savait bien. Pourtant, ça le démangeait de pousser le bouchon ; de tester cette malheureuse fille pour voir à travers elle si la société avait changé.

— Un Lillet blanc[20], s'il vous plaît, mademoiselle, répondit-il en appuyant sur la prononciation « an » de l'adjectif français.

Là, c'était vraiment pour le plaisir de la provocation.

La serveuse prit une profonde inspiration, posa son torchon à côté d'elle et fit craquer sa mâchoire avant de répondre :

— Écoutez, on est pas ce genre de bar ici, OK ?

— Le genre qui sert du Lillet ?

— Non, le genre qui sert des gens comme vous, rétorqua-t-elle, visiblement de plus en plus irritée.

Nathan fut décontenancé un instant par la farouche dignité de son regard. Il était clair qu'elle n'avait pas froid aux yeux, et il en fallait du courage pour envoyer se faire foutre un mâle blanc quand on était une femme, noire et simple serveuse par-dessus le marché.

Elle est géniale cette fille et je suis un vrai con ! finit-il par admettre intérieurement.

---

20 Le Lillet blanc est LA boisson la plus branchée de l'époque à New York. Un vin de bordeaux mêlé à de la liqueur d'agrumes et à du quinquina.

Qu'est-ce qu'il cherchait à faire là ? Finir viré du bar ? Et si elle décidait d'appeler les flics, il ferait quoi ? Ce n'était pas la peine de jouer les paranoïaques de la répression policière à longueur de journée pour aller se mettre tout seul dans des situations comme celle-là. Et pourquoi ? Pour se prouver à lui-même que ce monde n'était peuplé que de lâches ? La belle affaire !

— Je crois que l'on est partis sur un malentendu, proposa-t-il pour calmer le jeu. Je suis habillé comme un pingouin parce que je vais à un gala de la haute plus tard dans la soirée. Mais là, maintenant, j'ai rendez-vous, dans ce café, avec quelqu'un, un quelqu'un envers lequel j'ai les plus chastes intentions, expliqua-t-il après avoir effacé de son visage son air arrogant.

La jeune femme croisa les bras sur sa poitrine, visiblement sceptique.

— Vous vous foutez de moi ! renvoya-t-elle en plissant les yeux.

— Honnêtement, non. J'ai rendez-vous à 18 heures. Cette personne m'a dit qu'elle connaissait une serveuse ici. Et... Et je réalise que c'est potentiellement vous. Pardon de m'être comporté comme un imbécile, offrit Nathan avec une moue contrite.

— Ah oui, votre rencard me connaît ? Et *elle* s'appelle... ? demanda la serveuse, clairement pas convaincue.

Le fait qu'elle insiste lourdement sur le « elle » n'était qu'un indice de plus de son total scepticisme. Le photographe décida d'être un peu plus franc pour montrer sa bonne volonté :

— Ce n'est pas un rencard et c'est un « il ». Neal Willows.

Les yeux de la jeune femme s'agrandirent tellement que Nathan crut qu'elle allait faire une syncope. Mais ni elle ni lui n'eurent le temps d'approfondir le sujet, car la cloche de la porte d'entrée résonna soudainement à la volée. Un courant d'air froid traversa la salle et le nouvel arrivant vint en cinq pas se vautrer sur le comptoir, visiblement très essoufflé. Dans ce magma de bonnet, écharpe et manteau, Nathan reconnut Neal. Lui ne l'avait visiblement pas remarqué, tout à son empressement de parler à son amie. Il s'adressa directement à la serveuse. Celle-ci était raide comme un piquet, totalement prise par surprise par la situation vaudevillesque.

— Pfiou, j'ai cru que je n'arriverais jamais ! Il y a eu le bus qui nous a lâchés en plein milieu du parcours et puis pour remonter les rues, c'est la vraie traversée du Grand Nord, faut le vouloir pour venir prendre un verre ici ! J'ai rendez-vous avec un beau mec, le genre qui ne te plairait pas, le genre à être modèle pour maillot de bain au bord d'une piscine à Miami ! Il a des mains magnifiques et quand il sourit c'est... wouah ! Tu sais, le genre de sourire discret qui...

Neal fit une brève pause dans sa tirade et releva un sourcil.

— Bah, Hella, y a un truc qui va pas ? T'as pas l'air bien. Oh, mince, je te dérange, j'ai interrompu ta conversation avec ce monsi... !

La serveuse roula des yeux en direction de Nathan, dont le sourire n'avait rien de discret, contrairement à la description qu'en avait faite Neal. Le rouge venait instantanément de monter aux joues de l'étudiant, rendu muet par la surprise de découvrir que ledit « beau mec » venait d'être le témoin de son introduction exaltée. Toute cette situation valait vraiment le détour. Neal, certainement pour se redonner une contenance, ôta son bonnet et passa une main dans sa tignasse irrémédiablement ébouriffée.

— Nathan, je suis... tu es... tu es en avance et moi

horriblement en retard et... confus. Tu vas me prendre pour... je ne sais pas, commença-t-il en rougissant de plus belle.

Il laissa échapper un rire embarrassé. Ce jeune homme était fascinant. Et, présentement, il triturait avec anxiété la lanière de son sac, ce qui ne faisait que donner à toute son attitude une candeur absolument charmante. Nathan n'en finissait pas de craquer pour ce gamin.

— Y a pas de mal, monsieur Willows, finit-il par objecter d'un ton très professionnel. Et mademoiselle a été de la plus aimable compagnie pour me faire patienter en vous attendant, ne put-il s'empêcher d'ajouter à l'attention de la serveuse, Hella.

Celle-ci ponctua sa remarque d'un son de gorge exaspéré. Neal lui jeta un coup d'œil animé d'une grimace d'excuses, qui arracha un sourire crispé à la jeune femme. Puis il se retourna soudainement vers Nathan.

— Au fait, on n'avait pas dit qu'on laissait tomber les « monsieur » et le vouvoiement, Nat ?

Il avait balancé la question comme ça, de but en blanc, et avec un aplomb qui frôlait l'insolence ou la très grande naïveté. Son visage ne gardait plus aucune trace d'embarras. Envolé, le gamin timide ! Nathan n'avait jamais été autant pris au dépourvu de sa vie, et ça en l'espace de deux jours seulement ! Il en resta la bouche ouverte. C'est Hella qui régla la question en râlant :

— Bon, allez donc carrer vos fesses à la table près de l'entrée, les imbéciles, je vous apporte des bières, lança-t-elle, résignée.

Neal saisit le bras de Nathan d'un geste de naturelle camaraderie et l'entraîna au fond de la salle. Celui-ci se laissa faire. La situation était bien trop surréaliste pour jouer les vierges effarouchées. Leur table était calée contre une grande vitre donnant sur la rue. La buée avait envahi le carreau. On ne voyait pratiquement rien de l'extérieur. Les deux hommes retirèrent leurs manteaux, déboutonnèrent leurs vestes et s'assirent en même temps. Neal, tout en posant son sac sur le sol, continua sur sa lancée :

— Alors ? Ta décision, Nathan ? Le vouvoiement froid ou le tutoiement de l'amitié sincère ?

— T'es vraiment un phénomène, *toi* ! L'amitié sincère, on s'est rencontrés hier ! répondit le photographe, intrigué autant que déboussolé par le tour que prenait ce début de rendez-vous.

— Tutoiement, donc, enchaîna l'étudiant. Je préfère, pour ne rien te cacher. Tu as quel âge, au fait ? Tu fais quoi comme boulot ? Me dis pas que t'es mannequin ou un truc comme ça, ça virerait au roman de gare.

Purée, il a une bonne dose de culot, celui-là, concéda Nathan intérieurement, faute de savoir immédiatement comment répondre.

Hella vint déposer deux chopes de bière sur leur table. Elle resta cinq bonnes secondes à dévisager Nathan en fronçant les sourcils. Le photographe ne baissa pas les yeux. On aurait dit les préliminaires d'un duel dans l'ouest sauvage. Il ne manquait que le fétu de paille roulant au loin et la plainte aigrelette d'une guimbarde en fond sonore. La jeune femme émit un petit claquement de langue désapprobateur avant de majestueusement leur tourner le dos pour aller débarrasser une table voisine. Nathan n'y tint plus, il éclata de rire. Toute cette situation était absolument incroyable. Il était là, en costard et nœud pap dans un des pubs les plus authentiquement *déglingos* du *Village* en compagnie d'un gamin qu'il avait rencontré la veille, alors que dans deux heures il devait être sur les marches de l'Hôtel Plaza à mitrailler Lauren Bacall et Humphrey Bogart !

On n'est pas loin du scénario de film comique ou d'un

sketch de Martin et Lewis[21], il manque juste les grimaces, s'amusa le photographe.

— Dis-moi que tu es majeur, au moins, et que tu ne te sers pas de moi pour t'alcooliser gratis, lâcha-t-il finalement après avoir retrouvé un peu de sérieux.

— J'ai 23 ans et suffisamment d'argent pour me payer une bière, je te remercie, Nat. Mais, normalement, quand on te pose une question, tu es supposé y répondre, pas en poser une autre à la place, tu sais ? renvoya Neal dans un sourire.

Ses beaux yeux prirent, s'il était possible, un éclat encore plus envoûtant. Leur forme, en légère amande, et la courbe des longs cils noirs qui ourlaient ses paupières lui donnaient un air malicieux, joueur, bien qu'aussi étrangement mélancolique. Il y avait une profondeur dans son regard presque ensorcelante. Beaucoup d'émotions pouvaient s'y lire, certaines d'entre elles mystérieusement contradictoires. Nathan avait irrésistiblement envie de prendre son appareil photo et de saisir cette expression-là. L'artiste prit le pas sur l'homme et il plongea la main dans son sac.

— Je viens d'avoir 30 ans, répondit-il en saisissant le Leica qu'il gardait toujours sur lui, glissé dans un étui de cuir, fermé par un simple bouton-pression.

Le contact râpeux et froid du petit boîtier métallique entre ses doigts lui provoqua un frisson d'anticipation le long de l'échine, comme à chaque fois. Il avisa la vitre embuée et les plafonniers blafards du café ; la lumière ne serait probablement pas suffisante, il ouvrit donc le diaphragme au maximum. Neal le regardait, intrigué. Nathan prit une seconde pour l'admirer à travers l'œil de son objectif : son beau regard piqué de curiosité, ses sourcils légèrement froncés, ses mèches brunes qui lui tombaient en désordre sur le front et son sourire à présent plus discret,

---

21 Duo comique à succès composé du chanteur Dean Martin et de l'acteur Jerry Lewis, qui se sépara en 1956.

à la frontière de la timidité. L'étudiant passa la langue sur ses lèvres. Nerveux ? Incroyablement désirable, en tout cas.
Clic.
Nathan réengagea immédiatement la pellicule dans le dérouleur pour un nouveau cliché. La lumière douce des éclairages de rue, filtrant par le carreau, mettait un léger éclat sur les lèvres humides de Neal.
Clic.
— Et donc, tu es photographe, supposa nonchalamment celui-ci, sa main fourrageant dans ses cheveux pour tenter de les dompter quelque peu – en vain.
Clic.
— ... Ou un pervers qui collectionne les photos de jeunes étudiants innocents, compléta-t-il, taquin.
À cette remarque, Nathan marqua une pause pour le regarder dans les yeux.
— Je suis photographe, oui, et tu ne m'as pas l'air du tout innocent, envoya-t-il avant de pointer de nouveau son objectif sur le jeune homme.
Neal fit éclore de sa jolie bouche un vrai rire, spontané et léger, laissant entrevoir une seconde ses petites dents blanches.
Clic.
— Non, effectivement, je ne suis pas totalement innocent, mais tu ne me regardes pas de façon purement artistique non plus, plaisanta l'étudiant en fait de réplique.
À ces mots, cette fois, Nathan s'interrompit. Il posa lentement l'appareil sur la table et leva les yeux vers Neal. Celui-ci semblait visiblement très content de lui. Il était d'une séduction insolente. Bon sang ! Attirant, jusqu'à en être dangereux. Un soupçon désagréable glaça soudainement Nathan. Tout ceci était trop idyllique pour ne pas être suspect. Il se sentit un peu stupide d'avoir laissé tomber sa garde aussi facilement face à un joli minois.

Ils avaient beau être dans le *Village*, le quartier le plus accueillant de New York pour les hommes ayant le même genre de penchants que lui, l'année qui venait de s'achever avait donné lieu à une chasse aux sorcières hystérique. Le maccarthysme frappait aveuglément : communistes, artistes subversifs, homosexuels. Ces derniers étaient la cible d'attaques violentes. Dans cette tornade de paranoïa pro-patriotique, nombre de pauvres gens avaient perdu leur emploi, leur liberté, parfois la vie[22]. Nathan en connaissait certains. Lui, bizarrement, n'avait pas encore été inquiété, cependant...

Dans le doute, le photographe prit un ton sec pour rétorquer :

— Qu'est-ce que tu entends par là ?

Neal, face à lui, se crispa. La question n'en était pas une, car, pour qui savait décrypter les signaux, leur situation n'avait rien d'équivoque. Leurs échanges, si brefs soient-ils, n'avaient laissé aucune place à l'ambiguïté. Entre eux et depuis le début, ce n'était que jeux de séduction. L'illusion de la naïveté habillant le désir. C'était délicieux, certes, autant que diablement illégal. Neal était charmant, rafraîchissant, oui, mais également inconscient au dernier degré. À moins qu'il ne serve tout simplement d'appât. Un adorable piège destiné à épingler des gens de la presse, du showbiz, bref, des pauvres types comme Nathan. Le système de coercition avait souvent fait bien plus vicieux pour coincer les « traîtres[23] ».

Le photographe sentit la colère le gagner. Et s'il avait été assez bête pour tomber dans les pattes d'un jeune flic ?

---

22 Lors de la campagne homophobe de l'associé zélé de McCarthy, Kenneth Wherry, ont été dénoncés comme « anti-américains » de nombreux membres des administrations publiques, soupçonnés d'homosexualité. Certains perdirent leur emploi, d'autres se suicidèrent.
23 Le pompon, dans le genre vicieux, fut révélé dans les colonnes du *Washington Post* : de jeunes flics « aux joues roses » à peine sortis de l'école de police étaient placés comme appâts autour des W.-C. publics de Lafayette Square pour séduire et coincer les homosexuels !

Il dut prendre une expression particulièrement dure, car, en face de lui, Neal perdit soudain son sourire. Il le regardait à présent avec une sorte de crainte ou tout du moins de méfiance.

— Eh bien, je... Pardon, je ne voulais pas vous mettre mal à l'aise. J'ai dû mal interpréter... enfin... il n'y avait rien à interpréter, d'ailleurs. Si vous voulez bien m'excuser, monsieur Atkins.

Neal se leva et rassembla précipitamment ses affaires. Nathan le regarda faire avec stupéfaction. La réaction du jeune homme n'avait pas été celle attendue. Pas de justification, pas de flirt encore plus appuyé, d'argumentaire maladroit. Non... rien de tout ça. Nathan se sentait coupable, confus, et encore une fois stupide. Mais il était trop tard, Neal venait de passer la porte du bar, qui se claqua violemment sur une bourrasque de neige. Depuis le comptoir, Hella lança au photographe un regard de lionne. Il était temps pour lui de déguerpir.

NEW YORK, 1954

Révélateur

LE RÉVÉLATEUR EST UN BAIN CHIMIQUE OÙ L'ON TREMPE LE CLICHÉ POUR FAIRE APPARAITRE L'IMAGE ENCORE INVISIBLE, QUI VA SE RÉVÉLER PROGRESSIVE- MENT.

Mercredi 20 janvier. 7 heures 30 du mat'. Une sonnerie stridente traversa tout l'appartement de Nathan, ainsi que son crâne.

Bon sang de bordel de réveil à la con ! grogna-t-il intérieurement en jetant maladroitement une main en direction de l'objet de torture matinale.

Un vague coup de poing sur ledit objet, et le bruit de casserole cessa de résonner dans la chambre. Nathan se redressa péniblement et se passa une main pataude dans les cheveux, puis sur le visage. Quelle nuit... Il avait l'impression d'avoir un gant de toilette en guise de langue et une fanfare mexicaine sous le crâne. OK. Première étape pour retrouver un semblant d'apparence humaine : une bonne douche ! Il sortit du lit et constata qu'il était totalement nu. Pris d'une angoisse soudaine, il vérifia qu'il n'y avait personne d'autre sous les draps. Après une cuite pareille, les surprises étaient envisageables. Mais, non : rien, pas âme qui vive dans l'appartement. Le sol de la pièce était jonché des cadavres de la veille : chaussures vernies éclaboussées de boue, pantalon de smoking chiffonné, nœud papillon quasi arraché, une chaussette sur un dossier de chaise, une bouteille de champagne à demi vide sur la table de nuit. Au moins, son appareil photo Brownie[24] avec le gros flash à ampoules, si fragile, était posé presque délicatement sur le canapé, sans dommages apparents.

Non mais, qu'est-ce qui m'a pris de m'arracher la gueule comme ça ?

Nathan soupira et décida de se rafraîchir les idées sous l'eau chaude. Le rangement allait attendre. Lorsqu'il alluma, l'éclairage blanc sur les carreaux brillants de la salle de bains lui arracha un gémissement. Il avait la rétine grillée : c'était le contrecoup de tous les néons de la veille et des éclairs crépitants des flashs. Pas étonnant que les vedettes aient pris l'habitude de porter, même en pleine nuit, d'épaisses lunettes de soleil, y avait de quoi devenir aveugle.

Esquivant le miroir au-dessus du lavabo, le photographe n'essaya même pas de prendre la mesure de son piteux état extérieur. Il se glissa au plus vite sous la douche. Au bout de plusieurs secondes, l'eau progressivement chaude ruissela enfin sur sa peau nue. Nathan posa ses deux paumes sur le froid des parois carrelées. Il baissa lentement la tête et savoura le jet brûlant qui tombait sur sa nuque, son dos et coulait le long de ses jambes. Il ferma les yeux et laissa ses pensées divaguer.

La soirée lui revenait en mémoire, à présent, comme des dizaines de bribes plus ou moins lumineuses, formant un drôle de motif kaléidoscopique. Par exemple, le tapis rouge vif des marches de l'Hôtel Plaza, que la somptueuse Lauren Bacall à la chevelure de soie et au regard royal avait monté au bras d'un Bogart au sourire plus éclatant que jamais,

---

[24] Le Brownie de type Hawkeye est l'appareil photo utilisé par les journalistes à scandales des années 50. De marque Kodak ©, son flash consistait en de véritables ampoules qui éclataient à chaque cliché. Les photographes étaient obligés d'en transporter des dizaines avec eux !

ovationné par une horde d'admiratrices en pâmoison. Il y avait eu, aussi, l'arrivée du tout-puissant réalisateur Alfred Hitchcock, engoncé dans son costard et le cigare au bec, dans une gigantesque limousine noire d'où était également descendue sa nouvelle égérie, une jeune actrice que l'on disait prometteuse et prénommée fort joliment Grace. Nathan avait pris plusieurs clichés de la jeune femme, qui rayonnait littéralement dans sa robe satinée bordée de sequins en brillants. Un diadème parait ses cheveux clairs, on aurait dit une vraie princesse de conte de fées[25].

Le défilé des stars et des nababs de la Warner avait duré près d'une heure, sous les lumières électriques de la 5e Avenue. Cette resplendissante artère de la vie new-yorkaise était plus belle que jamais, plus riche, plus éclatante de paillettes et d'étoiles synthétiques dans la nuit noire de janvier. Les actrices, enveloppées d'épaisses fourrures, n'avaient pas craint le froid glacial qui figeait les mécanismes des appareils photo et les doigts des photographes. Après la montée des marches, il y avait eu la réception, à laquelle Nathan avait pu se joindre pour prendre quelques dizaines de clichés et avaler deux bouchées de toasts au saumon. Les discours sirupeux et les remerciements interminables avaient été interrompus par l'arrivée du jeune producteur David Weisbart[26].

Celui-là, Nathan le savait, était un vrai aimant à stars, le gars à suivre pour tomber sur les exclusivités les plus remarquables. Alors il lui avait collé aux basques toute la soirée. Et c'est là que tout avait progressivement dégénéré. Le nuage de starlettes, jeunes premiers et autres vautours gravitant autour du prodige de la Warner, s'était lentement,

---

25 Ce qu'elle deviendra deux ans plus tard en épousant le prince de Monaco, mettant fin ainsi à sa carrière d'actrice.
26 En 1954, il n'a pas encore 40 ans. Producteur de génie, David Weisbart est celui qui lança la carrière cinématographique d'Elvis Presley avec *Love me Tender* et celui qui fit financer l'un des plus célèbres films de l'histoire du cinéma : *La Fureur de vivre*, avec James Dean.

mais sûrement, épaissi autant qu'alcoolisé. Certains avaient fini par proposer un jeu à boire aux règles volontairement floues. Sans qu'il ait eu le temps de s'en dépêtrer, Nathan s'était retrouvé attablé au milieu de la bande, une nymphe sur les genoux et une coupette pétillante dans la main. Lui qui n'était pas porté habituellement sur l'alcoolisme mondain avait réussi à se faire embarquer dans un joyeux concours d'absorption de liquides de tous types et de toutes couleurs. Avec pour résultat la merveilleuse gueule de bois de ce matin et une envie irrépressible d'achever la journée dans son lit. Il se sentait lamentable. Peut-être que s'il passait un coup de fil à sa grand-mère, elle le prendrait suffisamment en pitié pour venir lui apporter une bonne soupe réconfortante ?

Oui, bon, sauf que Nathan n'avait plus 10 ans et que mémé Liz n'était pas du genre mamie gâteau quand il se comportait comme un cul. Mauvaise idée, donc. Râlant contre lui-même, il sortit de la douche et constata qu'il était, malgré tout, un peu ragaillardi. Il se sécha, s'habilla et mit à chauffer de l'eau pour son café. Le breuvage le plus fort possible ne serait pas du luxe. Il repéra son sac échoué sur sa table basse, fouilla dedans et récupéra une dizaine de pellicules photo terminées et réenroulées. Au moins, il ne s'était pas ravagé le crâne et les tripes pour rien. Il fallait qu'il retourne ce matin au journal pour les porter au développement en espérant que certains clichés seraient exploitables. Là-dessus, Nathan n'était pas vraiment confiant, bien qu'il se souvienne d'avoir réussi à saisir quelques belles expressions, un sourire notamment... des yeux vifs... des lèvres charmantes... Mais tout ça restait confus, comme d'ailleurs son cerveau embourbé le lui rappela douloureusement sitôt qu'il essaya de faire un effort de mémoire. Il se passa la main dans les cheveux et se massa un instant le crâne. La préparation d'un semblant de petit déjeuner lui prit deux fois plus de temps que d'habitude. Finalement, résigné à son sort, et après l'absorption de son bol de café et de quatre biscottes tartinées de beurre de cacahuètes, Nathan décida qu'il était temps d'affronter les -6 °C du thermomètre. En l'état actuel de sa motivation, l'effort lui sembla parfaitement insurmontable. Néanmoins, il n'avait pas le choix. Le boss n'attendrait certainement pas une semaine pour avoir ses photos exclusives de la soirée.

***

Le même jour, à 10 heures, Nathan était assis dans la chambre de développement. Enfin « assis »… vautré plutôt, sur une chaise calée en équilibre sur deux pieds contre l'un des murs aveugles de la pièce, à peine éclairée d'une seule ampoule rouge. Il sirotait son second verre d'eau – goût aspirine effervescente – de la journée en regardant travailler Moses.

Le technicien photo faisait passer ses clichés dans les bains de révélateur et de fixateur photographiques avant de suspendre les tirages à des fils tendus au plafond. Les photos séchaient là, accrochées bien sagement, comme la lessive immaculée dans un jardin de banlieue. La lumière rouge n'était pas très forte, mais depuis une heure qu'ils étaient là, les yeux des deux hommes étaient devenus suffisamment sensibles pour apprécier la qualité des photos tout juste développées.

— Ça va, y a pas trop à jeter ! déclara Moses en pinçant un sixième sourire figé de Bogart sur le fil de séchage.

— Merci, tu es trop bon. Cela dit, je n'y suis pas pour grand-chose, ces événements sont tellement répétitifs et millimétrés que je pourrais intervertir les pellicules et te donner un gala d'octobre à la place d'un dîner de janvier, et tu y verrais que dalle.

NEW YORK, 1954

Moses rigola. Et Nathan enchaîna en grommelant :

— Je ne suis pas près de la trouver, mon inspiration, avec des modèles pareils ! Parfois, j'ai l'impression de photographier de foutus mannequins de vitrines de grands magasins.

— Toi et ton inspiration ! Il te faudrait une jolie muse toute cuite dans le bec. C'est sûr que tu ne vas pas la dénicher au Plaza. Toutes ces stars sont tellement raides. Le boss n'a pas tort quand il parle de portemanteau, lança Moses, de très bonne humeur.

— Oui, ne va pas lui dire ça, mais je crois qu'il a rarement tort en règle générale, renvoya Nathan.

Les deux hommes échangèrent un ricanement entendu. Garret avait le tact d'un *castreur* de taureau, pourtant, il fallait bien l'admettre, pour sa droiture et son professionnalisme, c'était un patron apprécié de ses employés. Nathan finit son verre d'eau d'une traite, le reposa près d'un bac de produit chimique et se leva. Il fallait qu'il passe voir Carol pour connaître l'agenda des prochains reportages, il n'allait pas pouvoir se planquer là toute la journée. Avant qu'il ne quitte la pièce, Moses le retint une minute :

— Je te finis le tirage des neuf péloches de la soirée, ça devrait être prêt d'ici une heure. Tu veux que je te développe les clichés du Leica, aussi ?

Nathan le regarda quelques instants, l'œil incertain, puis il lui revint que la dixième pellicule trouvée dans son sac était celle de son petit appareil de poche.

— Oui, répondit-il finalement. Y a tout un tas de choses là-dessus, tu verras. La fin, c'est des clichés de la soirée, mais le reste, c'est surtout des trucs perso, y a peut-être même ma grand-mère. Si tu peux m'en faire un tirage en format 12/17 et me mettre une note de retenue sur salaire pour les frais.

— T'inquiète, j'ai des feuilles en rab, ça manquera

à personne. J'exploite pas un futur Pulitzer[27], question de principe, camarade ! lâcha Moses avec un clin d'œil derrière ses lunettes rondes.

Nathan, malgré son mal de crâne, ne put s'empêcher de rigoler en refermant la porte.

***

La matinée passa relativement vite, entre paperasse et maquette à caler. Nathan était dans le bureau de Garret lorsque Moses vint lui apporter les tirages. Tandis que le boss étalait la centaine de clichés de la soirée par-dessus les papiers accumulés en strates sur sa table de travail, le technicien photo glissa discrètement une enveloppe à Nathan.

— Je ne sais pas qui c'est, mais tu la tiens, ta muse, lui souffla-t-il avec un clin d'œil et il sortit aussi vite qu'il était entré, laissant là un Nathan aux sourcils froncés d'interrogation.

De quoi parle-t-il ? se demanda Nathan, pas encore totalement désembourbé de sa cuite de la nuit.

Pendant qu'il se perdait en réflexion, le boss se lança dans sa sempiternelle diatribe sur les vedettes :

— Ah ça, elle est toujours aussi belle, la Lauren, et l'autre ténébreux a l'air toujours aussi con ! râla Garret en écartant certains clichés et en en brandissant un autre. Tiens, celle-là, elle a un air moins tarte que les autres. Elle me plaît, on se la met en pleine page. Dis voir, c'est pas celle dont s'était entiché Gary Cooper ? Son nom, c'est quoi ? Grace Kenny ? Kerry ? *Hey*, Atkins, tu m'écoutes ou tu dessaoules ?

Nathan glissa rapidement l'enveloppe dans sa sacoche et tourna son attention vers son patron. Il jeta un coup d'œil

---

[27] Aux États-Unis, le fameux prix Pulitzer récompense, entre autres, le meilleur journaliste, et cela depuis 1917.

au cliché.
— Très belle femme, commenta-t-il, un peu au pif, car il n'avait pas entendu la question.
— Je vois ça qu'elle est très belle, sombre alcoolique. Son nom, c'est quoi ? insista son boss, fulminant.
— Kelly. Grace Kelly, bafouilla Nathan.
Purée, quand est-ce que ce mal de crâne allait le lâcher ?
Garret se concentra sur les autres clichés que Nathan avait pris de l'actrice. Sur certains, on ne voyait pratiquement que la ligne de la nuque de la jeune femme, sur d'autres ses poignets ou la courbe d'une épaule découverte. C'était le genre de détails qui fascinait Nathan. Contrairement à ses collègues, on le coinçait rarement à prendre des gros plans de fesses ou de seins.
— Elles sont vraiment pas mal, ces photos. Bon Dieu, Atkins, t'es pas mauvais quand le modèle t'intéresse !
Le boss détailla l'un des tirages avec attention, puis soudain il releva les yeux vers Nathan et son visage se fronça en une grimace soupçonneuse. Le photographe se figea. Mince, il aurait dû prendre au moins un cliché des nichons de l'actrice. Des bouts de bras gainés de soie par-ci et un morceau de cou orné de perles par-là, ça faisait plus couturier pour dames que mâle viril, et son boss avait l'œil pour ces choses-là.
Purée de journée de merd...
Soudainement, Garret saisit Nathan par l'épaule et lui colla un des clichés sous le nez.
— Elle est prise de vachement près, cette photo, et la lumière est drôlement basse. Comment tu t'y es pris, petit malin. Attends... Nooon ! Dis-moi pas que t'as baisé la nouvelle égérie de la Warner ! balança le boss dans un éclat de rire tellement tonitruant qu'au minimum Carol et le reste de l'étage devaient l'entendre.

Nathan ne put réprimer un grognement de douleur. Il était sauvé pour cette fois, mais son cerveau allait finir par exploser dans sa boîte crânienne. Et, via Carol, la nouvelle rumeur ne prendrait pas une heure pour circuler dans tout l'immeuble. « Nathan Atkins : celui qui avait accroché Grace Kelly à son tableau de chasse ». Il inspira fortement et parvint à coller le sourire typique du mâle satisfait sur son visage. Son patron lui colla une bourrade sur l'épaule et reprit la sélection des photos.

Au bout d'une trentaine de minutes, Nathan en était à considérer la possibilité de se jeter du 6e pour mettre fin à son calvaire. C'est à ce moment que, fort heureusement, Garret finit par le prendre en pitié :

— Allez, rentre chez toi, Atkins. Tu te reposes et tu marches à l'eau jusqu'à nouvel ordre. J'ai besoin de ta petite gueule de tombeur fraîche et reposée, parce que, dès que possible, je te renvoie sur le front !

Nathan ne se le fit pas répéter deux fois : en quatre minutes, il avait quitté l'immeuble.

***

Encore le même jour : 16 h 10. Cette journée n'en finissait pas.

Nathan avait réussi à rentrer tôt. C'était à considérer comme une victoire et, il fallait le dire, pas loin non plus d'un cas de force majeure. S'il était resté une heure de plus dans le bureau de son patron, coincé entre les odeurs de cigare froid et ses exclamations tonitruantes, il aurait à coup sûr fini par lui gerber sur les mocassins : une réaction réflexe pas forcément extraordinaire pour sa réputation.

En passant la porte de chez lui, il poussa un long soupir de soulagement. Son appart était délicieusement calme. Calme à la façon de New York : le bruit ronronnant de la rue quatre étages plus bas et les chansons ringardes du tourne-disque du voisin du dessus en fond sonore. Nathan laissa écharpe, chapeau et manteau dans l'entrée, et emporta sa sacoche qu'il posa sur sa table basse. Cinq minutes plus tard, une tasse de café noir à la main, il vint s'asseoir dans son vieux canapé de moleskine sombre. Il sortit la mystérieuse enveloppe de tirages photographiques à laquelle il n'avait pas arrêté de penser pendant le trajet retour.

« Tu la tiens, ta muse... »

Qu'est-ce qu'avait voulu dire Moses ? Nathan avait eu envie d'ouvrir l'enveloppe dans le métro, mais il y avait quelque chose d'impudique à le faire au milieu d'inconnus. Et s'il y avait réellement un miracle là-dedans ? Moses avait le coup d'œil et connaissait bien le travail de Nathan. Il l'avait vu évoluer comme photographe depuis son arrivée au magazine. Nathan avait donné à développer à Moses pratiquement tous ses clichés non pros, même des choses plutôt personnelles. Ce collègue parfois farfelu, régulièrement trop curieux et souvent sympathique, était ce qui se rapprochait le plus d'un ami pour lui, et ce n'était pas une appellation que Nathan prenait à la légère.

Depuis que Richard l'avait plaqué, le fait de donner sa confiance à quelqu'un avait tendance à le crisper. Et là-dessus, son ex avait bien réussi son endoctrinement : « Garde tout pour toi, ne montre rien de ce que tu es, les sales petits secrets doivent rester sous clé, personne n'a envie d'être l'ami d'un pervers, tu seras dénoncé au moindre faux pas... », ce genre de choses. Avec Moses, Nathan avait toujours été très méfiant, ne donnant qu'une info par-ci, par-là sur sa vie privée, par contre il était tout à fait respectueux de la justesse de ses avis artistiques. Depuis le temps qu'il s'occupait des développements de toute l'armée des journalistes de la revue, si une photo l'enthousiasmait vraiment, alors il y avait des chances pour qu'elle soit bonne. C'est pourquoi Nathan avait attendu d'être seul chez lui pour savourer la découverte.

Il but une gorgée de son café et posa la tasse sur le bois usé de la table basse. Il ouvrit l'enveloppe. Elle contenait une vingtaine de clichés noir et blanc tirés sur papier mat. La qualité du développement était, comme toujours, au rendez-vous : des contrastes superbes, des noirs profonds, des blancs saisissants. Moses ne traitait pas le boulot perso des copains moins bien que les commandes pour le magazine. Cela aussi méritait le respect.

Nathan sortit les photos les unes après les autres. Pour chacune, il s'arrêta méthodiquement, critiquant tout haut soit le cadrage, soit la luminosité, pas assez de ceci, trop de cela, manque de profondeur, etc. Il avait pour habitude de ne pas s'épargner une sévère autocritique. Les premiers clichés étaient des vues de Manhattan : la démesure des gratte-ciel, la force brute du Brooklyn Bridge, des enfants du quartier, l'échoppe d'un vendeur de journaux. Ensuite, il y avait deux portraits de sa grand-mère. Elle ne pouvait jamais s'empêcher de poser comme une duchesse, les mains gracieusement glissées sous son menton pour cacher son cou qu'elle trouvait trop fripé. D'aussi loin qu'il se souvienne, la vieille dame avait toujours été très coquette et élégante. Nathan s'attarda sur ces images en souriant, puis il posa les deux tirages à côté des autres sur la table. Tout ça était charmant, mais n'avait rien du miracle annoncé. Moses s'était peut-être emballé pour pas grand-chose. Nathan soupira, puis but une nouvelle gorgée de café avant d'extirper le cliché suivant de l'enveloppe. Soudain, tout se figea autour de lui. Son cœur cogna violemment dans sa poitrine, ses doigts se crispèrent sur le tirage qu'il venait de découvrir.

NEW YORK, 1954

Cette photo-ci était parfaite. Sublime. Nathan fouilla frénétiquement dans l'enveloppe. Les trois suivantes étaient tout aussi belles. Sur quatre photographies en nuances de gris, de noir et de blanc : un visage. Un sourire. Celui de ce jeune homme rencontré au détour d'une rue enneigée. Celui de Neal. Le photographe n'en revenait pas. Le cadrage serré, la lumière pâle, le contraste diffus, le léger flou dû à l'approximation de sa mise au point, tout rendait l'expression de ce visage encore plus vivante, plus spontanée. D'un naturel à couper le souffle. Un rire résonna en écho dans un coin de sa mémoire, comme si le son avait surgi de la feuille de papier. Presque vivant. Neal semblait tout avoir du modèle exceptionnel.

Ses yeux... Ils avaient une manière fascinante d'accrocher la lumière, des éclats de blanc venaient en paillettes s'éparpiller dans ses iris.

Et ses lèvres... Sur l'un des clichés, elles étaient légèrement brillantes, rendant, par cet infime détail, l'image incroyablement sensuelle.

Un geste... Une main élégante qui replace des mèches trop longues derrière une oreille.

Une expression... De la curiosité, de la timidité, une certaine insolence.

Toute une palette d'émotions, des dizaines de détails d'intimité, une véritable confession, une personnalité entière offerte là, devant lui, en seulement quatre photographies. Tout y était, c'était un miracle. Nathan était subjugué.

Bon sang, c'est pas vrai, mais quel abruti je fais !

comprit-il soudainement.

Oubliant la fatigue qui aurait dû le clouer au lit, il se leva d'un bond, se rhabilla rapidement et, ne regardant même pas l'heure, partit en quête de l'inspiration qu'il attendait depuis toujours.

« Tu la tiens, ta muse... »

Et dire qu'il l'avait laissée s'échapper !

Cadrage

LE *CADRAGE* EST LA MISE EN PLACE DU SUJET PAR RAPPORT AU CADRE DU VISEUR D'UN APPAREIL PHOTO. LE CADRAGE PARTICIPE, AVEC LA COMPOSITION, À LA RÉALISATION D'UNE IMAGE.

C'était son treizième soir au Remo. Treize soirs, bon sang ! Nathan en avait par-dessus la tête de ce bar miteux et de sa tripotée de clients frappadingues. Entre les vieux habitués de l'après-midi et les jeunes écrivains barrés de la nuit, il avait de quoi se sentir très seul. Toujours le même comptoir rutilant, toujours les mêmes disques de jazz mou sur le même tourne-disque fatigué, toujours la même bière. Treize soirs à rentrer bredouille, treize soirs à se faire envoyer sur les roses par Hella, toujours fort élégante, bien qu'un tantinet obtuse. Treize soirs à être raillé par ce gars collant qui squattait le comptoir à longueur de journée, Glen, un type pas méchant, mais qui passait son temps à meugler des complaintes de pêcheurs irlandais farouches rentrant des mers lointaines auprès de leurs belles à la peau douce ! Bilan des courses : ça faisait près de deux semaines, si l'on comptait la poignée de jours qu'il avait manquée pour cause de reportage, que Nathan venait finir ses journées là pour attendre son inspiration, sa muse : Neal. Et pas une fois le jeune homme ne s'était pointé.

C'était la seule et unique piste qu'avait Nathan pour le retrouver. OK, il savait que Neal était étudiant en littérature à Columbia, mais le photographe n'allait quand même pas commencer à aller l'épier à la sortie de la fac ! S'il se résolvait à ça, alors, dans le genre vieux pervers en manque, ça serait atteindre des sommets. Cela dit, au rythme où progressait son dessein, il n'aurait bientôt plus d'autre choix.

Pour être honnête, en passant le premier soir la porte du Remo, le photographe avait vite compris que sa quête n'allait pas être une partie de plaisir. Lors de cette première tentative, pris d'un grand élan de romantisme échevelé, il avait quasiment couru depuis chez lui jusqu'au bar, avec l'illusion puérile que son modèle parfait allait lui tomber dans les bras aussi sec. Au son de la cloche signalant son entrée – quelque peu fracassante, il est vrai –, tous les regards s'étaient tournés vers lui. Dont celui de la serveuse, Hella. Et malgré ses trente balais et son mètre quatre-vingt-trois, Nathan s'était senti soudainement très petit, et passablement idiot avec ça. Hella, les mains sur les hanches, l'avait dévisagé avec l'œil aussi suspicieux que l'agent Wilson voyant Al Capone venir faire un retrait à la banque[28]. Silence de mort dans le burlingue. OK, il ne partait clairement pas avec les bonnes cartes pour cette partie. Très bien. Nathan n'était rien de moins qu'un gars foutrement têtu. Mémé Liz disait « buté comme un vieux mulet ». Chère mamie. Il avait donc insisté, s'était installé au comptoir malgré tout et, en bon journaliste, avait posé des questions.

« Neal ne vient pas ce soir ? » « Il est du quartier ? » « Il fait du théâtre, à ce qu'il m'a dit ? » « Vous auriez son adresse ? » « Un moyen de le joindre ? » « Je vous jure que

---

28 On connaît tous Al Capone, mais beaucoup moins l'agent spécial du service d'enquête du fisc fédéral Frank J. Wilson, qui le fit tomber pour fraude fiscale ! Il deviendra, de 1937 à 1946, le directeur du *US Secret service* et, malgré la légende, c'est surtout grâce à lui (plutôt qu'à Eliot Ness) que le célèbre mafieux a fini sa vie derrière les barreaux.

ce n'est pas ce que vous croyez, c'est pour un boulot. Je veux juste lui parler. »

Évidemment, il n'avait eu aucune réponse. C'est à peine si la jeune femme avait daigné lui servir une bière.

Le quatrième soir, faute d'arracher le moindre mot à la serveuse, Nathan s'était rabattu sur Glen. De toute façon, c'était le seul qui voulait bien lui adresser la parole, le reste des clients ayant décidé de virer mutique avec lui, à croire que Neal était une sorte de trésor local à préserver à tout prix. Donc, faute de mieux : Glen le bavard ! Ce gars-là, quand il n'était pas trop saoul, avait tout un tas de choses à raconter ; souvent à propos de sa propre vie, ce dont Nathan se foutait royalement et, parfois, concernant les gens fréquentant le Remo. Bien plus utile ! Un type comme ça, c'était pire qu'un termite dans une cale de bateau. Il n'aurait pas fallu que les flics tombent sur une balance pareille. M'enfin, pour le coup, la langue déliée de Glen arrangeait bien Nathan.

Une bière succédant à une autre bière et une conversation en entraînant une autre, il apprit que Neal fréquentait le Remo depuis plus de deux ans, qu'il venait souvent en compagnie d'une jolie petite jeune femme à lunettes à qui il donnait le bras et qui aurait bien pu être sa fiancée, sauf qu'on ne les avait pas vus s'embrasser une seule fois. L'étudiant était sacrément apprécié dans le café, pour une raison floue qui tenait peut-être à sa manière de savoir écouter les gens. Sa patience et sa bonne humeur perpétuelle n'y étaient pas pour rien non plus. Il n'était jamais en reste pour rendre des services et démêler les histoires de cœur des uns et des autres. Un don particulier que possédait l'étudiant, semblait-il.

Quand Glen n'était pas là, Nathan passait son temps à observer Hella. Il avait bien compris qu'il n'y avait que par elle, et elle seule, qu'il parviendrait à obtenir de vraies infos sur Neal et peut-être le revoir. En outre, observer Hella n'était pas perdre son temps. Une femme noire, serveuse dans un café italien, c'était quand même rare. Pas unique, mais, disons peu fréquent[29]. Le photographe devait bien l'admettre, cette femme était une vraie beauté. Le genre de physique à faire du cinéma si tant est qu'il existe des rôles pour les personnes de sa couleur de peau. Même aux quelques clients à l'évidence peu emballés par la mixité ethnique, pour dire les choses aimablement, Hella parvenait à imposer une attitude respectueuse. Nathan avait toujours apprécié les femmes dotées d'un caractère bien trempé ; à noter que dans sa famille, c'était un trait récurrent.

Un soir, un peu à bout de patience, il avait tenté de courtiser la demoiselle. Elle avait semblé vaguement surprise, l'avait dévisagé en haussant les sourcils et, après de longues secondes, lui avait répondu que s'il espérait passer par son lit pour rejoindre celui de Neal, c'était peine perdue. Elle lui avait quand même servi sa bière, mais, cette fois, en lui précisant que se pointer au Remo tous les jours ne lui servirait à rien, que Neal ne voulait rien avoir à faire avec un type comme lui.

Cependant, Nathan était revenu quand même. On était mardi, et c'était un mardi qu'il avait eu son seul et unique rendez-vous avec l'étudiant. Le photographe ne croyait pas au destin, mais beaucoup à l'obstination. Et à l'évidence, il allait lui en falloir une palanquée ! Il regarda le fond de sa chope à demi pleine d'un air résigné. Il s'était installé au bar, comme à chaque fois, pour être sûr d'avoir à la fois un œil sur Hella et un sur la porte d'entrée.

Nathan soupira. C'était absurde. Il était ridicule. Un vrai maniaque, à venir comme ça tous les jours. Mais il voulait revoir Neal, il voulait reprendre des photos de lui

---

29 Il faut attendre l'adoption de la loi sur les droits civiques (*Civils Rights Act*), signée par le président Lyndon Johnson le 2 juillet 1964, pour que toute forme de ségrégation soit interdite dans les lieux publics.

et se convaincre que les précédentes, si incroyablement vivantes, n'étaient qu'un coup de chance, une fulgurance. Qu'il n'était pas possible qu'il ait trouvé sa muse, comme ça, au hasard d'une glissade sur un trottoir enneigé et, plus invraisemblable encore, que son inspiration se soit incarnée dans un modèle aussi improbable que cet étudiant échevelé. Mais, nom de nom, il n'avait pas réussi une si belle série de portraits depuis des lustres, sinon jamais ! Et Moses qui n'en finissait pas de le bassiner avec ces quatre clichés.

« Mon pote, t'es tombé sur une étoile, le modèle idéal, naturellement hyper expressif et parfaitement inconnu ! Autant dire que tu as à peine à appuyer sur le déclencheur pour faire un chef-d'œuvre ! Si ce gosse est acteur en plus, tu peux devenir son Pygmalion ! »

Oui, enfin, bon, il n'allait pas être son impresario non plus. Non, ce que Nathan voulait, c'était retrouver l'étincelle qui avait jailli sur sa pellicule ce soir-là et ce courant électrique qui lui avait délicieusement vrillé les nerfs, ce début de coup de foudre, ce crépitement sous ses doigts. M'enfin, pour ça, il faudrait que Neal accepte de montrer le bout de son nez et, hélas, l'affaire paraissait hautement mal embarquée. Treize soirs et toujours rien… Son regard se perdit de nouveau dans le fond de sa chope de bière.

De longues minutes s'étaient écoulées lorsque le carillon de l'entrée tira Nathan de sa torpeur. Ce qui le réveilla un chouia fut que le café semblait s'être soudainement figé dans un silence peu naturel. Le photographe hésita à relever les yeux vers le nouvel arrivant. Derrière le comptoir, Hella se tendit comme un arc, les lèvres tordues en une moue de frustration. Pour provoquer une telle réaction, la personne qui venait de rentrer était soit un gars du contrôle sanitaire, soit Neal. Un délicieux frisson d'anticipation parcourut l'échine du photographe. La serveuse tourna vers lui un regard furieux, jeta son torchon dans l'évier, balança une insulte fleurant bon les bas-fonds de Harlem et partit dans le cellier en claquant la porte. C'était donc Neal. Et la farouche Hella n'avait visiblement pas prévu le coup. On pouvait donc en déduire que la venue de l'étudiant était fortuite, un heureux hasard en quelque sorte. Nathan pouvait jouer là-dessus pour éviter de passer pour un effroyable goujat un brin obsessionnel. La chance, la bonne fortune, le destin… et absolument pas près de deux semaines de filature. Il se poussa à sourire de toutes ses dents en se retournant, histoire de se donner une contenance, et s'apprêta à saluer le jeune homme.

— Quelle surprise de te trouver là, Ne…
— Ça va la comédie à deux pence, qu'est-ce que vous me voulez ?

C'était bien lui, planté de toute sa hauteur devant Nathan, les bras croisés et avec, greffée au visage, une mine pour le moins excédée. Il n'avait pas l'air redoutable avec sa tignasse ébouriffée et son nez froncé, mais l'éclat de ses yeux disait au photographe d'éviter de trop l'asticoter. C'est pourquoi il ravala direct son sourire de tombeur. Jouer au plus malin n'était peut-être pas la meilleure solution.

— Je… Je suis venu pour m'excuser pour la dernière fois, avoua Nathan en tentant de prendre un air contrit.
— Vous « excuser » ? demanda Neal, un sourcil relevé, visiblement sceptique.
— Oui, je n'aurais pas dû me comporter comme je l'ai fait. Je ne suis pas quelqu'un de très patient et je peux, disons, facilement me laisser emporter par mon… excès de méfiance.
— « Excès de méfiance »… Alors c'est comme ça que vous appelez une attitude de connard paranoïaque ? Bon, soit. Excuses acceptées.

Nathan ouvrit de grands yeux, la bataille n'avait vraiment pas duré longtemps. Impec ! Il commença à sourire de cette victoire plus facile que prévu, lorsque l'étudiant le doucha :

— Ne prenez pas cet air satisfait ! Vous êtes encore en conditionnelle, là. Et puis, à venir comme ça tous les soirs, vous me mettez dans une situation intenable !

L'utilisation appuyée du vouvoiement et du ton distancié n'échappèrent pas à Nathan, qui grimaça un peu. Malgré tout, rendu audacieux par le plaisir de revoir enfin son si charmant modèle, le photographe tenta la carte de la camaraderie légère :

— Ne me dis pas qu'on t'a prévenu à chaque fois que je venais ! Alors, c'est Glen ou Hella qui m'a balancé ? Ou non, c'est le vieux Ben, c'est le genre traître, celui-là ! répliqua-t-il sur un ton joueur.

— Ah oui, je vois, vous connaissez tout le monde maintenant ! Au fait, vous êtes quoi au juste ? FBI[30], CIA, police des mœurs ou mafia, peut-être ? En tout cas, sauf votre respect, vous êtes le pire enquêteur que l'Amérique ait porté. Discret comme un matelas dans un couloir, lui rétorqua Neal, toujours aussi peu aimable, mais avec un petit air intrigué qui pouvait laisser flotter un espoir dans le cœur de Nathan.

— Je suis photographe pour un journal, un genre de journaliste, rien de vraiment hostile.

— Mouais, à déterminer... Et donc vous venez tous les soirs pendant deux semaines harceler Hella juste pour vous excuser ?

— La « harceler » ! Mais c'est elle qui me pourrit la vie avec sa bière pas fraîche ! s'emporta faussement Nathan, mimant une inoffensive dispute.

Neal ouvrit de grands yeux.

— Mais vous êtes suicidaire, en plus ! Sérieusement,

---

30   Le FBI est en 1954 en pleine période Hoover. Les enquêtes se multiplient sur la vie privée de nombreux Américains, des dossiers sont montés sur la base de rumeurs, de soupçons. Les homosexuels sont traqués grâce à ces enquêtes.

vous lui avez dit que sa bière n'était pas fraîche ? demanda l'étudiant, éberlué.

— Bien sûr, honnêteté avant tout. C'est avec ça que l'on séduit les femmes, même les plus rétives ! lança Nathan, cette fois avec un clin d'œil exagéré – on ne pouvait, ainsi, manquer de voir qu'il plaisantait.

— « Séduire les femmes », ah oui ?

Les lèvres si expressives de Neal se plissèrent en une moue dubitative, puis, se prenant lui aussi au jeu, il le taquina :

— En effet, elle m'avait bien dit que vous lui aviez fait du gringue. Alors vous venez pour vous excuser, monsieur Atkins, ou pour séduire Hella ?

— Eh bien, j'ai beau être un grand défenseur des quêtes impossibles, je crois que ton seul pardon me suffira, Neal, renvoya Nathan.

— Umpf, mon « pardon », et l'autorisation de me tutoyer, donc.

— Eh bien, je me suis laissé dire que pour prétendre à l'amitié éternelle, le tutoiement était de rigueur.

— On ne t'a jamais dit que tu étais le mec le plus contrariant de la planète ?

— Si je réponds : « oui, tout le temps », c'est bon ou mauvais pour moi ?

Neal se laissa enfin gagner par l'amusante absurdité de la conversation.

— Tu sais que si je te pardonne, Hella va probablement m'en vouloir affreusement !

— Pure jalousie.

— Et elle tentera d'empoisonner ta bière.

— Je suis prêt à affronter son courroux. Rassure-moi, ils ne servent pas réellement que de la bière tiède ici ? Si ? ironisa Nathan, qui voyait que leur échange remontait enfin la pente vers une crépitante complicité subtilement teintée de séduction.

Le bel éclat de rire qui résonna dans la pièce fut sa récompense. Neal avait les yeux pétillants de joie et le sourire, qui semblait ne plus vouloir quitter son visage, lui allait diablement bien. Nathan se sentit rougir malgré lui. Ce garçon avait l'art de le séduire en même pas trois phrases et un coup d'œil, c'en était presque effrayant. Il aurait bien voulu essayer de reprendre la main sur la conversation, mais bien sûr il n'eut pas l'opportunité de trouver une banalité à ajouter. Ce fut Neal qui enchaîna :

— Si tu as un peu de temps, peut-être que nous pourrions discuter... autour d'un verre et de... Tu sais jouer aux échecs ? demanda abruptement l'étudiant.

Nathan abandonna là, purement et simplement, la possibilité de ne pas être continuellement déstabilisé en présence de ce garçon.

— Euh... oui, j'ai un peu de temps, j'ai même ma soirée pour tout te dire et, oui, je sais jouer aux échecs. Ça fait un bout de temps que je n'ai pas fait une partie, cela dit, mais...

— OK, je commencerai par te ménager, alors ! l'interrompit Neal avec un clin d'œil.

Sans même laisser à Nathan le temps de renvoyer la balle, il se dirigea souplement entre les tables jusqu'à l'angle de la salle où se trouvait un échiquier. Il jeta son sac au pied de la chaise et s'installa devant le plateau de jeu. Nathan constata qu'il s'était assis côté pièces blanches, la place de celui qui ouvre la partie. Évidemment. Le photographe ne put retenir un soupir amusé. Il s'était choisi un challenger coriace. Clairement pas le genre « jeune modèle naïf fasciné par le charisme des artistes » que l'on trouvait fréquemment dans les rades comme celui-ci. Tant mieux. Nathan n'aurait sans doute pas été autant ensorcelé par un charmant minois dénué de personnalité. Celle de Neal, entre impertinence et retenue, entre éclats de rire et maladroite timidité, était une fascinante énigme. Il y avait un vrai défi à rendre toutes ces nuances sur la pellicule, à capter toutes ces facettes. Nathan s'installa en face de son adversaire, un sourire d'anticipation aux lèvres.

Lorsqu'elle daigna revenir dans la salle, Neal commanda à Hella deux whiskies. La jeune femme lui envoya un regard inquiet auquel l'étudiant répondit par un petit signe de tête et un sourire. Nathan ne manqua pas de remarquer que la serveuse n'était pas convaincue par ce retour de confiance envers le type louche qui venait tous les soirs rien que pour le voir. Il n'aurait pas pu l'en blâmer, lui-même avait du mal à expliquer d'où lui venait cet acharnement. Bien sûr, il y avait sa quête du modèle parfait, tout ce falbala sur sa muse, etc., mais, à y regarder de plus près, c'était sans doute un peu plus que ça. Comme un drôle de mélange de sensations, comme un picotement dans le cœur lorsque Neal souriait, comme une tension de ses nerfs quand l'étudiant plongeait son regard dans le sien. Un envoûtement ou une obsession.

En tout cas, maintenant qu'il l'avait enfin retrouvé, Nathan allait pouvoir tirer ça au clair.

***

Ils jouaient depuis bientôt deux heures et le soir avait laissé place à la nuit. Durant ce temps, le bar s'était empli progressivement d'une clientèle plus tapageuse. Poètes et gens de lettres, amateurs d'art et de drogues douces qui, dans un coin de la salle, écoutaient fiévreusement un auteur lire des passages de son roman en devenir. À chaque fin de paragraphe, les commentaires fusaient. Pour ce que Nathan avait pu en entendre, le bouquin était un sacré brûlot. Pas sûr qu'il trouve un éditeur rapidement[31].

---

31 Le San Remo vit en ses murs les premiers essais littéraires de James Baldwin qui, avec son roman *La Chambre de Giovanni,* fut l'un des premiers à oser parler d'homosexualité masculine de façon explicite.

Le photographe, apaisé d'avoir retrouvé Neal, jugeait à présent le Remo avec moins de cynisme. Le bar était accueillant et l'ambiance agréable. L'alcool glissait voluptueusement dans sa gorge, recouvrant sa méfiance compulsive d'une couverture laineuse. Ainsi plongé dans une douce chaleur reposante, l'esprit de Nathan avait fort à faire pour parvenir à se concentrer sur le jeu, surtout avec le jeune prodige qu'il avait comme adversaire. Car, en plus d'avoir un jeu particulièrement imprévisible, Neal était un interlocuteur passionnant, doté d'un humour ravageur et d'une propension prodigieuse à soutenir des théories absolument irréalistes sur les arts, sur la société, sur tout. L'étudiant semblait vivre chaque instant de son existence avec une intensité telle qu'elle allumait en Nathan de délicieux crépitements de défi. C'était vivifiant, cette opposition intelligente, ce duel d'esprit où les passes d'armes étaient des phrases finement acérées. Nathan avait enfin devant lui quelqu'un qui parlait d'art avec passion, de ce besoin de créer qui vous tord l'esprit et vous plonge dans la quête impossible de la flamme originelle. Cette inspiration fugace qui produit l'œuvre, la vraie, celle qui vous sort des tripes. Pour Neal, tout était œuvre, tout était beau ; l'intention créative était reine, même les tentatives étranges des drôles de loustics de la peinture abstraite, les Pollock et consorts, que Nathan abhorrait. Lui ne croyait que dans le réalisme, la vérité dépouillée ; l'Art devait être vrai, grand, ou ne pas être du tout. Leurs arguments s'entrechoquaient avec éclats et se diluaient dans un sourire, dans un regard, dans cette manière qu'avait Neal de baisser la voix soudainement pour la rendre douce comme du velours. Il donnait le rythme de leur échange rien qu'avec les inflexions de ses cordes vocales. Il n'avait pas fait du théâtre sa passion pour rien, celui-là ! N'eût été son physique d'intello rêveur, il aurait pu faire un politicien charismatique.

Quelques minutes de concentration silencieuse vinrent entrecouper leur débat. Neal menait d'une courte tête la partie, obligeant Nathan à repenser sa stratégie vers une attitude privilégiant la défense plutôt que l'attaque. L'étudiant trancha sa réflexion :

— Pourquoi voulais-tu absolument me revoir, Nathan ? Et ne me dis pas que c'était simplement pour t'excuser, je ne crois pas qu'un homme comme toi ait jamais eu dans sa vie l'intention de « simplement s'excuser », questionna-t-il, posément, comme un simple constat.

Pourquoi revenir à l'intime maintenant ? se demanda brièvement Nathan.

Amusant comme ils avaient scrupuleusement évité de parler d'eux-mêmes depuis le début de cette conversation, comme si se dévoiler, c'était risquer de se méprendre à nouveau. Il eut envie d'être franc, même si c'était un terrain glissant pour lui.

— Je me suis réellement comporté comme... tu l'as bien dit : un connard paranoïaque et... oui, je voulais m'excuser, mais, pour être parfaitement honnête avec toi, si je voulais te revoir, c'est parce que tu es... comment dire... tu es mon...

Nathan pataugeait dans ses explications. Il ne voulait pas lâcher des mots trop sirupeux, le genre de tirade exaltée, probablement ridicule dans la bouche d'un gars de trente balais. Et Neal qui le regardait les sourcils froncés, en attente d'une réponse. Nathan soupira et décida de tenter le tout pour le tout. Il fouilla dans la poche intérieure de son manteau et en sortit la série de clichés qu'il trimbalait sur lui tous les jours. Il les tendit à l'étudiant, qui prit avec précaution entre ses doigts les feuilles de papier glacé. Nathan vit le visage de Neal se marquer d'étonnement lorsqu'il se reconnut. Il releva les yeux rapidement vers lui, cherchant quelque chose dans son regard, puis observa de nouveau les images. Sans dire un mot.

Mal à l'aise, Nathan se sentit obligé de s'expliquer un peu :

— Je ne suis pas à proprement parler à la recherche d'un modèle, mais... il semblerait que tu aies quelque chose qui « fonctionne » bien... enfin, qui fait que je fonctionne bien... que j'arrive à capter un truc différent, je ne sais pas trop ce que c'est, mais j'imagine que c'est quelque chose que tu dégages, tu vois... Un genre de truc qui change ma manière de regarder.

Neal releva lentement les yeux, et soudain laissa échapper un petit rire, peut-être un peu moqueur.

— Nathan, c'est le compliment le plus tordu et le moins clair que j'aie entendu de ma vie, et tu tournes ça d'une telle manière que c'en est presque un reproche.

Nathan se sentit rougir fortement. D'accord, là, il passait vraiment pour le dernier des crétins niaiseux. Autant finir le boulot.

— Bon, OK. Alors, j'ai un collègue au labo photo, quelqu'un de calé, quand il a vu ces portraits, il a été... comment dire ça ? Très étonné. Pour lui, je n'avais jamais pris de clichés aussi bons. Il m'a soutenu que tu étais... tu vas te foutre de moi, mais, euh... Je reprends ses mots, là, mais que... enfin... il a dit que tu étais ma « muse », ou quelque chose comme ça.

— « Quelque chose comme ça » ? reprit Neal, le menton posé sur sa paume ouverte et un sourire jusqu'aux oreilles.

Nathan aurait voulu que le plancher s'ouvre pour l'engloutir au plus vite.

— Là, je passe pour un imbécile illuminé, non ? finit-il par lâcher.

— Hum... « quelque chose comme ça », oui, lui répondit Neal en se mordant la lèvre pour se retenir de rire.

Ses joues avaient légèrement rougi et Nathan s'en voulut de ne pas avoir osé sortir son appareil photo pour capter la charmante expression qu'il observait là. Le jeune homme tourna son regard vers le jeu et avança sa reine de quatre cases.

— *Échec au roi*, au fait, commenta-t-il avec détachement[32].

Nathan perdit cette partie-là, puis la suivante. Il découvrit que ça ne le vexait pas plus que ça. À la suite de sa confession, leur conversation prit un tour plus personnel. Ils parlèrent de la presse, des vedettes et du pouvoir de l'argent, des études de Neal – qui commençait une thèse en littératures comparées et comptait devenir professeur –, des déboires des artistes, des rêves des photographes et de la réalité de la vie, du maccarthysme et du fait de vouloir s'aimer et aussi de n'en avoir pas le droit. Ils parlèrent de tout, et si librement que Nathan en vint à se demander si, au lieu d'une muse, il n'était pas tombé sur son âme sœur. À sa deuxième défaite, Neal proposa de miser la possibilité d'un prochain rendez-vous sur le résultat de la troisième partie. L'enjeu lui tenant particulièrement à cœur, Nathan finit par l'emporter de justesse. Après réflexion, il n'était pas tout à fait sûr que le jeune homme ne l'avait pas laissé gagner volontairement. Soit, de toute façon, seul le résultat lui importait. Il savoura sa victoire.

***

Lorsqu'il rentra cette nuit-là à son appartement, Nathan n'avait pas pris une seule nouvelle photo, mais il avait la tête pleine d'images en devenir, de projets de reportages, de fantasmes créatifs. Son esprit bouillonnait d'idées, c'en

---

[32] Échec au roi : un échec au roi (ou simplement échec) est une menace directe et immédiate sur le roi. Si le joueur n'arrive pas à parer l'attaque sur son Roi, la partie est alors perdue pour lui.

était enivrant. Il jeta son manteau sur le canapé et posa délicatement sa sacoche sur la table basse. Il alluma une lampe de bureau qui émit un halo fatigué dans la pièce sobrement meublée. Se saisissant d'un calepin et d'un crayon, il passa près d'une demi-heure à coucher sur le papier la masse surgissante de ses idées. Notes, croquis, ratures et rajouts ; une vingtaine de pages naquirent de cette soirée pour le moins inspirante.

Il faisait un froid polaire dehors, pourtant il fut pris soudain d'un besoin impérieux de respirer l'air extérieur, de se remplir de l'humeur de la ville. Son balcon métallique donnait sur la rue. Dehors, les bruits des sirènes de police, des voix et des pas des promeneurs se mêlaient, assourdis par le manteau de neige qui couvrait la chaussée et les trottoirs comme un matelas. Ça sentait l'hiver et la pâte des pizzas du restaurant d'à côté. Nathan alluma une cigarette. Il resta quelques minutes à sa fenêtre à observer les silhouettes des gratte-ciel de Manhattan qu'il pouvait distinguer entre les deux vieux immeubles de la rue d'en face. Dans le froid, sa respiration faisait naître une brume blanche éphémère. Il se dit que c'était fichtrement esthétique, mais bougrement difficile à photographier. Trop mouvante pour être saisie, trop fascinante pour être figée sur du papier. C'était comme le sourire de Neal, c'était comme l'éclat de ses yeux, c'était comme cette insolence mâtinée de timidité qui en faisait l'être le plus désirable qu'il ait jamais rencontré.

***

Le lendemain était un dimanche et, en fin de matinée, Nathan eut envie d'appeler Lisbeth, sa grand-mère. À cette heure-ci, elle devait être en train de jouer aux cartes chez sa voisine, une amie de longue date, qui ne s'était pas mariée et qu'elle avait connue du temps où elle habitait à Paris. Il composa donc le numéro de Miss Meryll et attendit que l'opératrice transfère son appel. Il pouvait presque voir la scène : les deux augustes dames, avec leur thé aromatisé au brandy, qui sursauteraient quand le vieux téléphone magnéto se mettrait à sonner de son bruit de casserole caractéristique. Et sa grand-mère qui répondrait à la place de la voisine parce qu'elle aurait deviné qu'à cette heure-là, un dimanche, ça ne pouvait être que son petit-fils.

— *Allo, Trésor, c'est toi ?*
Gagné.
— Allo, mamie, je ne te dérange pas ?
— *Mais non, voyons, jamais !*

Nathan sourit à cette phrase quasi automatique et pourtant si naturelle dans la bouche de sa grand-mère. Certainement que son sourire dut s'entendre au téléphone, car elle lui dit, de sa petite voix expressive :

— *Oh, toi, tu es heureux, ça éclaire jusqu'ici ! Tu as rencontré quelqu'un, c'est ça ?*

C'est pour ça aussi que Nathan adorait sa grand-mère ; elle le connaissait par cœur. Il ne mit que quelques secondes avant de lui raconter que, oui, il était heureux, qu'il avait rencontré un modèle exceptionnel et que tout ça lui donnait une inspiration incroyable. Après quoi, tout s'écoula de lui sans qu'il ne puisse rien retenir. Il lui expliqua qu'il avait trouvé sa muse, la source à laquelle il boirait pour atteindre ses rêves, sa nouvelle force créatrice. Sa grand-mère l'écouta, dans un silence attendri. Elle ne fit pas de remarque sur le sexe de cette miraculeuse muse et ne s'offusqua pas que Nathan passe de longues minutes à lui détailler combien les yeux de Neal pouvaient accrocher la lumière. Elle savait ce qu'il était. Elle avait toujours su. D'ailleurs, c'était ce qu'elle lui avait dit, après sa rupture avec Richard, lorsque, démoli et pitoyable, il lui avait jeté l'info en pleine figure comme on avoue la pire des hontes. Lui, le fils du héros de guerre Samuel Atkins, mort au champ d'honneur pour défendre sa

Patrie, était ce que l'on pouvait faire de pire en matière de perversion : un homosexuel. Elle était restée stoïque, puis lui avait juste dit qu'elle savait, qu'elle était sa grand-mère et que ce n'était pas si peu qui l'empêcherait d'aimer son unique petit-fils. Ce jour-là, Nathan avait fondu en larmes. Le jour suivant, il arrêtait les conneries et trouvait un boulot.

Si seulement sa propre mère avait pu avoir une réaction similaire quand, des années plus tôt, au cours d'une énième dispute, il lui avait avoué qu'il ne ramènerait jamais de jolie fiancée à la maison. Un peu de soutien plutôt que d'être mis à la porte à 17 ans, ça lui aurait certainement évité bien des problèmes. Mais il ne pouvait pas refaire le passé. À l'autre bout du fil, sa grand-mère interrompit soudainement la conversation par une question :

— *Nathanaël, mon chéri, est-ce que tu ne voudrais pas que l'on aille prendre l'air à Coney Island, comme quand tu étais petit ?*

— Mamie, il doit faire 4 °C° ! chouina Nathan, qui traînait encore en pyjama dans son appart.

— *Oh, pitié, ne fais donc pas ton délicat !* le taquina Lisbeth sur un ton de maîtresse d'école à la retraite.

En fond sonore, Miss Meryll poussa un gloussement gentiment moqueur. Nathan supposa que, pour l'honneur de la gent masculine, il ne pouvait pas dire non.

***

Venir à Coney Island en plein mois de février, il fallait être indécrottablement Anglaise pour proposer ce genre de rendez-vous ! Qui d'autre qu'une vieille Anglaise pouvait apprécier une plage désertée sous un temps gris et la solitude glauque d'un parc d'attractions fermé ? Néanmoins, ce genre de lubie avait tendance à amuser Nathan plutôt qu'à l'agacer. Sa grand-mère ne faisait jamais rien comme tout le monde, c'était sa manière à elle de montrer qu'elle était, à 72 ans, toujours capable de mêler l'extravagance britannique à l'impertinence française.

Nathan sortit du métro au terminus de la New West End Line. C'était la ligne la plus empruntée pour se rendre sur Coney Island, cette péninsule au sud de Brooklyn, exclusivement connue pour sa longue plage donnant directement sur l'océan Atlantique. Une bonne bourrasque d'air marin, sec et froid, le cueillit à la sortie de la station de métro. Il enfonça ses mains dans ses poches et son nez dans son écharpe. Mais quelle idée ! Nathan avait encore deux pâtés de maisons à traverser avant d'arriver à la plage. Il n'y avait pratiquement personne dans les rues. Dès que le parc rouvrirait à Pâques, des milliers de New-Yorkais allaient de nouveau s'y ruer pour profiter des manèges à sensations et dévorer les hot-dogs de chez *Nathan's famous*[33]. « Nathan », oui, le même prénom que lui ! Petit, cette amusante coïncidence et son plus beau sourire de môme coquin lui avaient valu de repartir plus d'une fois avec double ration de saucisses. Il passa devant cette célèbre enseigne de restauration, qui faisait tout l'angle de deux rues, la seule ouverte toute l'année – un panneau de plusieurs mètres de haut au-dessus de l'entrée proclamait d'ailleurs : « *Stop here, open all year*[34] ». Une délicieuse odeur de grillade et d'huile frite s'échappait des cuisines et réussissait, même un jour aussi morne que celui-ci, à attirer des badauds, qui faisaient la queue devant l'entrée.

Nathan ne se laissa pas tenter. Il continua en direction de la plage. En cette saison, les abords ne sentaient pas encore la crème à bronzer. Il n'y avait pas de familles pour s'entasser sur chaque centimètre de sable, comme on le voyait à l'été. En ce dimanche grisâtre, la célèbre

---

[33] C'est en 1916 que Nathan Handwerker, un immigré juif de Pologne, fonde avec son épouse, Ida, son commerce sur la plage de Coney Island. On dit que c'est Ida qui inventa la recette du hot-dog telle que nous la connaissons aujourd'hui !
[34] « Arrêtez-vous ici ! C'est ouvert toute l'année ! »

promenade du bord de mer n'était peuplée que de groupes épars de jeunes au look un peu louche. C'était une faune commune dans le quartier. Ces mini gangs, plus ou moins violents, avaient fait leur apparition pendant la guerre. Des adolescents désœuvrés par bandes de quatre ou cinq qui, avec leur mauvaise réputation et leurs petites provocations, avaient amorcé le déclin du parc d'attractions. Après la mort de son père, c'est-à-dire dès l'année 42, Nathan avait un temps traîné ici avec des gars du même genre que lui, fraîchement orphelins et pas franchement patriotes. Ils passaient leurs après-midi à picoler, siffler les filles, effrayer les bourgeois, casser deux-trois trucs et finissaient régulièrement au poste.

Il sentit son humeur s'assombrir et les souvenirs aigres lui revenir. Entre sa mère et lui, les relations s'étaient rapidement dégradées au décès du paternel. Une fois à la rue, il avait fait de mauvais choix, qui l'avaient mené à de désastreuses situations, chacune d'entre elles gravée à présent dans les recoins de son subconscient et venant régulièrement lui pourrir la vie.

La grande plage était tout de même impressionnante avec ses kilomètres de sable bordés de béton et de bitume. Petit, Nathan avait souvent accompagné ses parents à Coney Island. Le week-end, c'était la sortie des familles des milieux populaires. Les pères paradaient dans leurs maillots saillants et roulaient des mécaniques pour le plaisir de leurs épouses et des autres nénettes à épater. Nathan avait des souvenirs très précis de son père à cette époque. De ses manières de Yankee, de la façon dont lui, le militaire de carrière, l'aviateur qui plus est, pouvait faire tourner la tête des dames sur cette plage baignée de soleil. Nathan avait six ou sept ans alors, on était dans les dernières années 1920, juste avant le grand krach boursier, l'Amérique nageait encore dans les années folles, légères, naïves. Son père était très bel homme, et de le voir ainsi, séduisant, séducteur, le torse musclé offert à la vue de tous, ça avait eu un effet étrange sur Nathan. Si jeune avait-il ainsi entraperçu sa future sexualité ? Il n'en savait trop rien. Étrangement, il ne gardait pas beaucoup de souvenirs de sa mère à cette période. Il n'avait jamais été fasciné par elle comme c'était souvent le cas des garçonnets, fils uniques, qui plus est. Il ne se souvenait plus de si elle avait été belle, laide ou juste banale parmi les autres jeunes femmes en maillot de bain combinaison qui n'osaient qu'à peine tremper leurs pieds dans l'eau de peur de rendre le tissu transparent.

Les mains toujours dans les poches de son blouson, Nathan se rapprocha du front de mer. Il ne mit qu'une poignée de secondes à trouver sa grand-mère. Seule au milieu de la plage, assise sur un pliant de tissu, une ombrelle blanche à la main pour se prémunir du soleil quasi inexistant. Elle était immanquable. Décidément, plus anglaise qu'elle, on ne trouvait pas dans tout Manhattan !

Nathan ôta ses chaussures et ses chaussettes pour parcourir les quelques mètres de plage qui le séparaient de l'élégante vieille dame solitaire. Le sable était froid, mais sec, ses orteils s'y enfoncèrent avec facilité. C'était agréable et apaisant.

— *Good afternoon, lady Lisbeth !* lui lança-t-il, jovial, en insistant sur l'accent anglais.

Elle se retourna un peu vivement.

— Oh, bonté divine ! *Bon après-midi, mon chéri*, renvoya-t-elle dans un français distingué.

Ses grands yeux pétillants prirent un éclat particulier lorsqu'elle avisa sa tenue : pantalon sombre et blouson d'aviateur.

— Habillé comme cela, tu ressembles tellement à ton père, c'est assez déroutant. Un effet voulu, peut-être ? commenta-t-elle.

Nathan haussa les épaules avec nonchalance. En fait, il ne savait vraiment pas comment prendre ce genre de remarque. Ça lui collait même un drôle de malaise. Le père, le héros mort à la guerre, le symbole de la virilité américaine. Et lui, le fils, ancien délinquant, photographe pour starlettes, pédé à ses heures perdues. Sans répondre, il s'assit sur le sable à côté d'elle et riva ses yeux sur la ligne d'horizon. Entre le ciel gris et l'océan gris, on la distinguait à peine, pourtant elle était bien là, cette frontière entre l'eau et l'air, entre deux mondes si proches qui ne se mêlaient pas.

— Mais tu n'as pas du tout le même regard que lui, ajouta sa grand-mère après avoir compris qu'elle l'avait peut-être un peu froissé. Tu as hérité de mes beaux yeux ! Les yeux des Aylin. Le seul trait significatif de tout notre héritage, si tu veux mon avis.

À ce commentaire, Nathan ne put réprimer un sourire. Sa grand-mère avait toujours pris les revers de son destin avec un sang-froid teinté d'humour qui frisait souvent le détachement total. Elle disait que c'était son flegme anglais qui ressurgissait ; Nathan avait fini par comprendre que c'était sa manière de dresser entre elle et les drames une barrière infranchissable. C'était ça, ou se laisser aller au spleen. Impossible pour une personnalité tempétueuse comme Lisbeth Guimard-Aylin.

— Un regard pareil, crois-moi, ça ouvre bien des portes, continua-t-elle, toujours sur le même ton sarcastique. Heureusement que l'on a ça, tu noteras, car ce n'est pas avec notre veine légendaire et notre propension à suivre aveuglément les élans de notre cœur que cette famille aurait survécu.

Nathan se perdit dans la contemplation de l'océan. Les vagues, courtes et espacées, s'échouaient mollement sur le sable. La régularité de la houle était un mouvement apaisant pour beaucoup de gens. Nathan pouvait parfois trouver cette constance crispante : naître-courir-mourir et renaître encore pour mourir de nouveau. Quel gâchis ! Il fallait créer pour briser le cycle, créer pour stopper le mouvement destructeur du temps.

— À propos de famille, as-tu des nouvelles de ta mère ? jeta soudainement sa grand-mère.

Nathan se raidit, puis poussa un soupir appuyé.

— Mamie, tu ne vas pas me demander ça toutes les semaines ! Tu sais bien que ça fait des années qu'elle ne veut plus me parler. C'est ta fille avant d'être ma mère, appelle-la si tu veux des nouvelles.

La vieille dame fit tourner le manche de son ombrelle entre ses doigts gantés, ses yeux clairs, eux aussi, accrochés à l'océan.

— Non. C'est une imbécile bornée avant d'être ma fille et ta mère. Si c'est pour encore essuyer un énième sermon à propos de la mauvaise influence que j'ai eue sur toi, je n'ai même pas envie d'essayer.

— Ça fait presque quinze ans que tu n'as pas envie d'essayer, mamie. L'excuse commence à perdre en crédibilité. Tu ne crois pas ?

— Je suis une vieille entêtée, tu le sais.

Nathan fronça les sourcils, pas franchement convaincu.

— Je sais ce que tu penses, jeune homme. Que j'ai peur d'affronter ma propre fille. Dans le fond, tu me crois un peu lâche, dit-elle sans colère, quoiqu'un peu tristement.

Nathan aurait pu nier poliment, toutefois cela aurait été malhonnête, car, quelque part, oui, il attribuait à de la lâcheté cette obstination de sa grand-mère à ne pas vouloir attaquer le problème et à pourtant relancer la conversation sur le sujet régulièrement.

— On ne peut pas toujours affronter les épreuves avec une attaque frontale, Nathanaël. Crois-en mon grand âge, il y a des batailles qui se gagnent par la patience, conclut-elle

doctement.
 Néanmoins, elle remarqua qu'il la regardait avec un certain scepticisme non dénué de tendresse.
 — Quoi ? Quel est cet air dubitatif ? demanda-t-elle en prenant une moue extrêmement guindée.
 Nathan se prit à lâcher un ricanement affectueux avant de répondre :
 — La « patience », tu parles ! Comme si je n'avais pas entendu cent fois le récit de ton départ de France, avec ce pauvre pépé Adrien dans la valise, lui que tu as embobiné en dix jours pour qu'il t'épouse et t'aide à fuir le pays ! Pardon, mais pour les leçons de patience, tu repasseras.
 Sa grand-mère se fendit d'un petit rire aigrelet et charmant qui la fit ressembler, un instant, à cette jeune fille effrontée qu'elle avait été au début du siècle, à son arrivée à New York, au bras d'un jeune français, fou d'elle, qui avait tout abandonné pour la suivre à l'aventure.
 — Alors ça, mon petit, c'est ce qu'on appelle les élans irraisonnés de l'amour, c'est très français et cela n'a absolument rien à voir avec ta mère. Cela n'a jamais rien eu à voir avec ta mère, d'ailleurs, c'est tout le problème. Enfin, c'est ainsi, on n'y peut rien. Mais en parlant d'amour, montre-moi un peu à quoi elle ressemble, ta muse !
 — Mamie...
 — Oh, arrête avec ton « mamie », tu es photographe et amoureux, tu as forcément une photo de lui, si ce n'est dix, sur toi. Montre-moi.
 — Alors, déjà, je ne suis pas « amoureux », comme tu le dis. Il s'agit d'un coup de foudre artistique. Neal est, certes, très attirant, mais il fait surtout un excellent modèle et je crois que...
 — Arrête ton charabia auquel tu ne crois pas toi-même et montre-moi ces photos, Nathanaël.
 Vaincu, Nathan sortit une enveloppe de la poche

intérieure de son blouson. Il y avait les quatre tirages qu'il avait faits de Neal durant leur premier rendez-vous. Il les tendit à sa grand-mère. À peine celle-ci eut-elle posé les yeux dessus que son visage s'altéra d'une vive émotion.

— Oh, c'est drôle, souffla-t-elle, visiblement émue.
— Quoi, qu'est-ce qui est drôle ?
— Et bien... ce n'est pas qu'il lui ressemble physiquement, enfin, peut-être un peu, mais... ce garçon... Oh, c'est fou ! s'exclama Lisbeth avant de marquer une pause. Il me fait tellement penser à ton grand-oncle, James, quand il était jeune. Cette profondeur dans son regard, cette innocence...

Nathan observa sa grand-mère, intrigué. Elle ne lui parlait pas souvent de ce frère dont il n'avait, lui-même, que très peu de souvenirs. Il se rappelait une silhouette fine, un costume strict et des petites lunettes rondes masquant de grands yeux clairs. À quoi ressemblait James, jeune homme ? Il restait ce portrait au crayon dans la chambre de Mamie Liz, dessiné par Henryk, l'ami de la famille et « colocataire » de James, qui avait travaillé comme imprimeur pendant des années pour la presse quotidienne new-yorkaise. Un grand gaillard, impressionnant avec sa moustache et ses mains tachées d'encre, que la mère de Nathan avait toujours fui comme la peste. Il collait une sacrée frousse à Nathan quand il était enfant, en même temps qu'il le fascinait au plus haut point.

« Cet homme-là est une mauvaise influence, il ne faut pas le fréquenter. Ils ont le démon en eux, ces gens-là. Tu m'écoutes, Nathan ? »

« Mais, mémé Liz dit que lui et tonton James sont les hommes les plus courageux de la terre ! »

« Ton père, qui est militaire, est un homme courageux, Nathan ; ton grand-père était un homme courageux, il est mort à la guerre en France, ça, c'est du courage ! Mamie raconte n'importe quoi, comme à son habitude, tu vas me faire le plaisir d'arrêter d'écouter ces sornettes. »

Touché lui aussi sans savoir précisément pourquoi, Nathan sortit de ses souvenirs d'enfance pour se reconcentrer sur sa grand-mère. La vieille dame regardait avec attention les quatre photographies.

— C'est une belle âme, ça se voit. Et il est joliment photogénique. Quand comptes-tu lui avouer que tu es fou de lui ?

Oh, bon sang !

— Mais, puisque je te dis que je ne suis pas...

— Oh, s'il te plaît, on ne prend pas des photos pareilles de quelqu'un sans en être amoureux, enfin, c'est évident. Même moi qui n'ai pas une once de sens artistique, je le sais.

Nathan soupira bruyamment. Avec une personne aussi entêtée que sa grand-mère, la bataille était perdue d'avance.

— Ce n'est pas si simple, finit-il par admettre. Bon, on peut parler d'autre chose ?

Lisbeth le regarda, un demi-sourire aux lèvres. Oui, elle savait que ce n'était pas simple pour deux hommes de s'aimer, pas plus aujourd'hui, dans cette nouvelle ère de progrès, qu'hier alors que le XXe siècle commençait à peine.

— Comme tu voudras, mon chéri, dit-elle en se levant. Tu veux bien replier mon siège ? On va marcher un peu et tu me raconteras les derniers ragots de nos célébrités du showbiz, ajouta-t-elle en réarrangeant sa robe avec coquetterie.

Nathan lui tendit le bras et Lisbeth s'en saisit élégamment.

— Alors, que veux-tu savoir ? demanda-t-il, pas mécontent de changer de sujet.

— Oh, as-tu des nouvelles de cette chère Bette Davis ? Elle était très bien dans son dernier film. Je repensais à elle justement hier. Tu sais que c'est un vrai scandale qu'elle n'ait pas eu l'oscar, ces vieilles baderNes croulantes de l'Académie n'ont vraiment aucun goût[35]. Heureusement qu'à Cannes, ils n'étaient pas aussi aveugles, les Français ont une fois de plus sauvé l'honneur du cinéma et, si tu veux mon avis, ils ne...

Nathan perdit le fil de la conversion. Il repensait à Neal, à son sourire, à son regard, et à l'effet que ce garçon avait sur son cœur et qui le faisait se sentir si étrangement vulnérable.

---

[35] En 1950, Bette Davis est nominée pour son rôle dans *Eve*, le chef-d'œuvre de Joseph L. Mankiewicz, où elle est plus cinglante et farouche que jamais et, dit-on, où elle est au sommet de son art. Pourtant, à la surprise de tous, elle n'aura pas l'oscar. Le prix d'interprétation à Cannes lui sera remis l'année suivante.

NEW YORK, 1954

Joule

LE *JOULE* EST L'UNITÉ DE MESURE DE L'INTENSITÉ D'UN FLASH DE STUDIO.

Quatre jours plus tard, c'est de nouveau au Remo que Nathan retrouva Neal. Hella n'était pas en service et l'ambiance, un peu morne. Alors, au bout d'une demi-heure, ils décidèrent de partir en vadrouille dans ce quartier construit sur un ancien Marais. Les rues du *Village*, qui épousaient le tracé des lits des anciens cours d'eau, avaient ce mérite d'être plus étroites et plus sinueuses que les artères rectilignes du reste de Manhattan. Les immeubles ne faisaient que cinq étages au maximum, on croisait même encore des maisons individuelles tout en hauteur, qui rappelaient l'urbanisme des villes anglaises. Les cafés étaient tous ouverts et de leurs portes d'entrée émanait une lumière accueillante où parfois un peu de musique se mêlait aux éclats de voix. Pris sous l'angle de la promenade innocente, le *Village* était un quartier sympathique, un peu bohème, dont il était facile d'ignorer les noirceurs si on ne relevait pas les regards en coin de certains passants. On pouvait s'y sentir plus libre, moins visible, moins étouffé par cette ville à l'urbanité toute-puissante.

Avec sa propension à laisser son enthousiasme s'exprimer sans le moindre filtre, Neal attirait l'attention, indéniablement. Et le fait que Nathan s'arrêtait toutes les cinq minutes pour le prendre en photo n'arrangeait rien. Mais qu'il était excitant de pouvoir s'autoriser à laisser un peu sa méfiance au placard, à faire taire ses appréhensions ! Pourquoi ne pas prétendre que deux hommes riant aux éclats en pleine rue ou se tenant par le bras n'avaient rien à se reprocher ? Neal, avec son sourire solaire et son absence de retenue, faisait à Nathan l'effet d'une averse fraîche sur la terre desséchée de son cœur. Ô combien de tels moments pouvaient être enivrants ! Ô combien il aurait voulu vivre avec une telle insouciance par le passé ! Il prit une dernière photo avant que sa pellicule ne se termine. La nuit était tombée depuis longtemps, néanmoins, entre les enseignes lumineuses et les éclairages publics omniprésents, l'obscurité ne parvenait pas à s'installer.

— On se pose quelque part ? hasarda Nathan.

Dans un état un peu euphorique, il n'arrivait pas à concevoir que la soirée se termine si rapidement. Il voulait profiter de cette légèreté qui avait si joliment nettoyé ses craintes. Et son corps lui réclamait un peu plus : un peu plus de contact, un peu plus de concret. La faim primitive et charnelle le tenaillait si profondément qu'il en venait à oublier ses résolutions. Était-ce la fatigue ? Sa patience qui s'érodait ? Goûter un baiser, échanger de discrètes caresses dans un coin sombre, entendre ce que pouvait être un gémissement émis par une voix si expressive. À une dizaine de mètres plus loin, sur le trottoir d'en face, brillait l'enseigne d'un bar où Nathan avait frayé plusieurs fois. Pas franchement reluisant, mais le patron était assez peu regardant quant aux mœurs de sa clientèle. Il serait sans danger d'attirer Neal dans les toilettes de l'arrière-salle et de s'échauffer un peu entre deux lavabos.

NEW YORK, 1954

L'étudiant regarda sa montre. Il était presque vingt-trois heures : la barrière symbolique. À cette heure-là, les gentils garçons raccompagnaient leurs aimables fiancées chez leurs parents, puis sortaient ensuite traîner dans les bars à la recherche de mauvaises fréquentations. Plus la nuit avançait et moins une sortie comme la leur pouvait passer pour innocente.

Neal sembla prendre quelques instants pour évaluer la situation. Ses joues avaient rougi, imperceptiblement. Impossible qu'il n'ait pas deviné ce que cette invitation sous-entendait. Il releva les yeux vers Nathan, silencieux. Dans son regard, au-delà du reflet criard des néons de la vitrine d'un tabac tout proche, il y avait quelque chose de superbe, une indicible complexité qui fit s'emballer le cœur du photographe. Il venait d'y lire de la fragilité, des doutes et de la curiosité aussi, mais si innocente que la crudité de ses propres intentions lui fut renvoyée en plein visage comme une gifle. Qu'est-ce qu'il s'apprêtait à faire ? Traiter Neal comme un flirt d'un soir qu'il ne comptait pas revoir ? Son inspiration, sa muse... alors, tout ça n'aurait été que de nobles idées, sacrifiées sans remords au profit d'un peu de sexe rapide dans les chiottes d'un cloaque ? Bravo, encore une belle preuve de sa profonde crétinerie ! Et il voulait se prétendre au-dessus de la masse des queutards sans vergogne ? Mortifié intérieurement, il allait revenir sur sa proposition, s'excuser et feindre d'avoir en fait un rendez-vous prévu plus tard dans la soirée, lorsque le crissement soudain de pneus sur la chaussée le stoppa.

Neal et Nathan se retournèrent, aussi surpris l'un que l'autre. Quatre policiers descendirent en même temps du fourgon qui venait de se garer en travers du trottoir. Une descente de flics. L'un d'eux, un type jeune, plutôt costaud, au visage fermé, posa sur eux un regard noir, teinté de surprise, et marqua un temps d'arrêt. Nathan sentit la

moiteur froide d'une bouffée de sueur lui couvrir immédiatement l'échine. L'agent les dévisagea longuement, les sourcils froncés. Pendant ce temps, l'esprit de Nathan fonctionnait à cent à l'heure : ils n'avaient rien à se reprocher, ils étaient juste là dans la rue à marcher, ils n'avaient eu aucun geste suspect, rien qui choque la morale, rien d'illégal. Si on lui demandait, il saurait quoi répondre, il en avait vu d'autres. Certes, lui, oui… Mais Neal, avec sa franchise, son innocence et sa stature de brindille, combien de temps tiendrait-il face à ce genre de type buté ? Et dans une cellule de commissariat, entre les brutes avinées et les petites frappes surexcitées ? Il ne faudrait pas s'attendre à ce que la flicaille intervienne si un tordu décidait de tuer le temps en jouant un peu avec une proie si charmante.

Cette pensée sordide glaça le sang de Nathan, qui, d'un geste, ramena l'étudiant derrière lui pour le cacher à la vue du policier. Celui-ci amorça un pas dans leur direction, mais un de ses collègues le héla âprement. Le flic jura, cracha son chewing-gum au sol et détourna enfin le regard pour suivre le reste de son équipe, qui se déversa telle une meute de loups dans le bar où Nathan avait envisagé de faire entrer Neal un instant plus tôt. Dans la rue, les passants changèrent immédiatement de trottoir en entendant les cris qui ne tardèrent pas à retentir à l'intérieur du débit de boissons. D'expérience, Nathan savait que ce genre d'intervention était aussi musclée que rapide et ne faisait pas dans le détail. Il était temps de déguerpir.

Neal était resté tétanisé à ses côtés alors il n'attendit pas que l'étudiant reprenne ses esprits : il lui saisit le bras et l'entraîna aussi vite que possible loin du danger. Une fois en sécurité, sous le porche de l'entrée de service d'un restaurant chinois, trois rues plus loin, ils restèrent une bonne minute mutiques, le cœur battant la chamade et l'esprit bien loin des quelques heures d'insouciance qu'ils venaient de partager.

Nathan déglutit. La scène n'avait duré qu'une poignée d'instants, mais elle avait fait ressurgir en lui une terreur indescriptible. Il avait l'impression d'avoir été pris en faute ; c'était comme si la bonne morale venait de lui envoyer un coup derrière le crâne pour le remettre fissa dans le droit chemin. Le genre de recadrage violent émotionnellement. Il se sentit épuisé.

— Je crois que c'est un signe du destin, déclara Neal soudainement.

Nathan se raidit. Évidemment, après une peur pareille, l'étudiant allait sans doute mettre fin à ce rendez-vous trop près d'être licencieux. Pour cette fois, seulement deux minutes d'indécision leur avaient épargné de finir la nuit au poste comme les autres pauvres types qui étaient en train de se faire choper dans ce bar miteux. Qu'en serait-il le jour où ils finiraient par se galocher dans une ruelle ? Le photographe poussa un soupir.

— Écoute, si tu penses que le mieux, c'est de ne plus se voir, je comprendrai, lâcha-t-il, résigné.

Neal rétorqua aussi sec :

— Je pense surtout qu'il faut qu'on change de stratégie. La prochaine fois, on sort avec les filles. Il est temps que je te présente une amie, elle me harcèle depuis des jours pour te rencontrer. Et si on continue de se fréquenter, ça m'arrangerait aussi que tu enterres la hache de guerre avec Hella. Alors, pour la semaine prochaine, je vote pour le

Bagatelle, c'est aussi dans le *Village*, et c'est nettement moins craignos que là où tu voulais me traîner.

Nathan n'en croyait pas ses oreilles.

— Attends, y a rien qui t'a refroidi, là ? On était à deux doigts de se faire coffrer !

— On ne faisait rien d'illégal, tu es photographe, je suis ton modèle, on va boire un verre après une séance de pose. Point.

— Oui, enfin, si tu crois que les flics s'arrêtent à ce genre d'excuses, grogna Nathan.

— Ce n'est pas une excuse, concrètement, c'est la réalité, s'amusa Neal. J'ai loupé un truc ? Tes pensées concupiscentes ont profité d'un moment d'inattention de ma part pour corrompre sournoisement mon âme vertueuse ?

Nathan poussa, cette fois, un soupir faussement exaspéré. Mais, intérieurement, il était ravi. Ravi que la peur n'ait pas tranché net ce fascinant moment de flirt, ravi que l'insouciance de Neal soit toujours là, toute prête à jeter au feu ses doutes à lui. Il avait une furieuse envie de l'embrasser jusqu'à lui faire perdre la voix et la raison. Au lieu de ça, il tendit la main et ébouriffa les cheveux de l'étudiant, qui le repoussa en riant.

— Âme vertueuse, je t'en ficherai ! Allez, je te raccompagne au métro, l'enfant terrible, la soirée de débauche est terminée, râla Nathan, paternaliste pour la forme.

Il s'était fait une belle peur malgré tout, même s'il n'aurait jamais voulu l'admettre tout haut.

— *By Jove* [36]*!* Photographe ET preux chevalier ! Suis-je tombé sur le prince charmant ? Et donc, ça fait de moi la muse d'un prince, c'est le genre de chose qui vous lance une carrière, ça, minauda Neal alors que Nathan partait

---

36 « *By Jove* », ancienne exclamation utilisée par les gentlemen anglais du XIXe siècle pour éviter de jurer, ce qui était puni par la loi. « *By Jove* » à la place de « *By Lord* ».

résolument en direction de la station de métro la plus proche.

Il accéléra le pas tandis que Neal piquait un sprint départ arrêté pour le rattraper, et ça ne lui coupa même pas le souffle.

— Sir Atkins, qu'en pensez-vous ? Sir Atkins, quelques mots, c'est pour la *Gazette de la royauté* ! continua l'étudiant, adorablement horripilant.

Nathan ne put s'empêcher de rigoler à son tour.

— Oh, bon sang, Neal, la ferme !

***

Le jeudi soir, quand Nathan arriva au Bagatelle[37], la salle était bondée. Neal, dans son éternel pull trop grand, y était déjà en compagnie de trois autres jeunes gens. Hella, que Nathan reconnut bien sûr tout de suite, superbe avec son tailleur cintré, ses épais cheveux noirs domptés en une série d'ondulations laquées et son regard dessiné au crayon. Au côté de celle-ci, certainement la fameuse Hermine, amie et consœur étudiante à Colombia que Neal voulait lui présenter, et enfin un garçon relativement quelconque qui regarda arriver Nathan avec un air vaguement intimidé. Neal se leva pour accueillir le photographe et se poussa pour lui laisser un coin de banquette entre lui et le cinquième larron. Les deux jeunes femmes étaient, elles, assises en face sur des chaises en bois. Il y avait déjà des bières sur la table ; Nathan, pour faire simple, en prit une aussi. À son côté, lorsqu'il passa la commande à la serveuse, Neal étouffa un rire et, après avoir fait un clin d'œil à Hella, lui lança, ironique :

— Tu t'es réconcilié avec la bière ou c'est une technique d'enquêteur pour masquer ton grand âge et te fondre dans

---

[37] *The Bagatelle* fut un bar lesbien de *Greenwich Village* réputé, entre 1952 et 1959, pour avoir accueilli de nombreuses écrivaines et militantes féministes.

notre groupe de jeunes ?

Nathan ne put s'empêcher de lui balancer une tape derrière le crâne en ébouriffant son adorable tignasse au passage – c'était devenu son nouveau petit plaisir. Les filles sourirent, un brin moqueuses, mais sans méchanceté.

— T'es flic ? Neal a dit que tu étais photographe ! hoqueta le gars à sa gauche.

— Nathan, je te présente Tom, intervint Neal. Tom est étudiant à temps partiel et testeur de drogues diverses professionnel, détailla-t-il avec une honnêteté confondante.

Puis il se tourna vers le susnommé.

— Il est reporter-photographe, Tom, pour un magazine.

— Ouais, bah, c'est du pareil au même, c'est les pisse-copie qui nous balancent aux flics les trois quarts du temps, alors si tu veux mon avis sur la question... maugréa l'étudiant.

— On ne veut pas ton avis sur la question, Thomas. T'as la capacité d'analyse d'une essoreuse à salade, jeta Hermine d'un ton sans appel.

Nathan la dévisagea avec curiosité et une soudaine forte sympathie. Une coupe pixie[38] à la pointe de la mode, des lunettes énormes en œil de chat qui lui donnaient des airs de dactylo pincée, et une tenue entre le snobisme intello et la décontraction bohème portée avec une effronterie inaltérable ; bref, une allure qui trahissait sans l'ombre d'un doute des origines françaises. Parisiennes, pour être précis. Rafraîchissant.

— Merci de votre soutien, mademoiselle. C'est toujours un plaisir de trouver une fine lame pour protéger ses arrières. Nathanaël Atkins, photographe, journaliste et artiste *pour vous servir*, ne put-il s'empêcher d'ajouter en français avec un de ses sourires ravageurs en prime.

---

38 La *Pixie Cut*, ou coupe pixie, est une coiffure ultra courte et joliment garçonne que lança Audrey Hepburn en 1953 avec son rôle dans le film *Vacances romaines*.

Hermine prit une moue étonnée et n'eut pas le temps de répondre, car sa compagne enveloppa un bras possessif autour de ses épaules et balança aussi sec avec un accent de Harlem à couper au couteau :

— Nan, alors, on va faire un truc, James Bond : toi, tu t'occupes de tes fesses et moi, je m'occupe de celles de madame !

Devant l'air parfaitement sidéré de Nathan, Neal partit d'un grand éclat de rire et applaudit même à la réplique assassine d'Hella. Hermine piqua un fard avant de se mettre à rigoler elle aussi. Tom bredouilla un vague : « Mais, c'est qui James Bond[39] ? » auquel personne ne prêta attention. Nathan se recarra sur sa banquette et posa son bras sur le dossier derrière le dos de Neal tout en soutenant le regard d'Hella. Lui aussi pouvait jouer aux possessifs. Il colla sa cuisse contre celle de l'étudiant et fit traîner un fin sourire de défi sur son visage. Maintenant que les armes étaient posées sur la table du saloon, la soirée pouvait commencer. Hella plissa les yeux. Un vrai Western !

— Quelqu'un peut me dire pourquoi on boit un verre ici et pas au Remo ? demanda Tom, un peu grognon de s'être fait chambrer.

— Parce que Hella veut absolument faire lire ses poèmes à Audre et qu'ici, c'est son Q.G., renseigna Neal.

— Audre ? questionna Nathan innocemment.

— Audre Lorde, répondit Hermine, patiente.

Le photographe haussa un sourcil ; non, il ne connaissait pas.

— Audre Lorde, la poétesse, compléta la jeune femme.

— Audre Lorde la poétesse, ET militante, ET féministe,

---

39 Pauvre Tom ! À moins que, comme Hella, il ne passe tout son temps dans les librairies underground, très peu de chances qu'il connaisse le nom de ce héros de Ian Fleming, dont les premières aventures n'ont été publiées qu'un an plus tôt en Angleterre. Il faudra quelques mois encore pour que les USA découvrent le roman *Casino Royal* et son adaptation à la télévision où, pour l'occasion, l'espion est renommé Jimmy Bond.

ET inspiratrice pour les filles comme nous. Audre Lorde, quoi, merde ! T'es au courant qu'en ce moment y a des gens qui se battent pour l'intégration ethnique, pour les droits civiques et l'égalité des femmes ? Vous, les mecs blancs, à part votre bite, y a rien qui vous préoccupe ! claqua Hella en se saisissant de sa bière.

Nathan poussa un demi-feulement. Elle y allait un peu fort et, tout gentleman qu'il était, il se sentait bien de la remettre à sa place cette fois-ci. Mais Neal intervint rapidement pour calmer le jeu :

— Merci, Hella, je ne me sens pas du tout attaqué par cette tirade réductrice, dit-il en faisant semblant de bougonner.

Si son idée en organisant cette soirée était de réconcilier les deux fortes têtes, ce n'était pas gagné. C'est Hermine qui marcha le plus vite dans son jeu :

— Mais, mon chaton, toi, t'es un cas à part, une sous-espèce à toi tout seul, renvoya-t-elle avec un clin d'œil pour Nathan, qui voulut bien faire un effort d'apaisement devant les bonnes intentions des deux étudiants en littérature en souriant à la réponse de la jeune femme.

Hella se fendit d'un « mouais » sceptique, mais, après un coup de coude de sa compagne, fit mine de s'adoucir également et allongea le bras par-dessus la table encombrée de chopes pour ébouriffer les cheveux de Neal. Celui-ci se laissa faire en haussant les épaules. Visiblement, c'était le passe-temps de tout le monde. Ça expliquait peut-être pourquoi sa tignasse n'était jamais coiffée.

— Alors comme ça, tu parles français ? lança Neal à Nathan, après une gorgée de bière.

— Houlà, « parler », c'est beaucoup dire. Je le comprends un peu et je sais dire deux-trois phrases. Mais ça s'arrête là, répondit-il.

— Tu as plutôt un bon accent, observa Hermine. Tu as

vécu en France ?

— Non, je n'ai jamais mis les pieds sur le Vieux Continent. J'avais un grand-père français et ma grand-mère, qui est anglaise, a également vécu là-bas plusieurs années. Ils ont émigré en Amérique avant la naissance de ma mère.

— D'accord, c'est carrément un roman, jeta Tom avec un grand geste blasé. Il va nous faire le coup de la famille noble désargentée, chassée par les affres de la révolution bolchevik.

— Non, ignare, ça, c'est l'Empire russe. En France, on n'a pas vu un révolutionnaire depuis plus d'un siècle, trancha Hermine, non sans humour.

Nathan renvoya à la jeune femme un sourire complice. Il soupçonnait ce pauvre Tom d'en pincer un peu pour la jolie Française et l'arrivée d'un autre mâle dominant dans le groupe ne lui plaisait sans doute pas des masses. Pourtant, à y regarder de plus près, si Tom devait se méfier d'un concurrent potentiel, ce n'était certainement pas de lui. Les subtiles interactions entre les quatre membres du petit groupe étaient riches d'informations. Il anticipa que la soirée allait être véritablement enrichissante pourvu qu'il parvienne à rester attentif.

Nathan s'adossa plus confortablement au dossier de la banquette. Neal fit de même et, subtilement, vint poser sa main sur la cuisse de Nathan pour attirer son attention. La méthode était très efficace. Le moindre de ses nerfs s'électrisa.

— Et ils se sont rencontrés comment, tes grands-parents ? demanda l'étudiant, le regard pétillant de curiosité.

Nathan cligna des yeux bêtement, encore hypnotisé par les doigts chauds de son séduisant voisin de banquette. Il mit plusieurs secondes à reprendre ses esprits et finit par chasser son hébétude par un raclement de gorge. Ça lui donna un peu de contenance. Le quatuor tourna vers lui une attention fervente. Voulant accrocher de son mieux son auditoire, Nathan tourna sa réponse à la façon d'un conte :

— C'était à Paris, peu avant la Grande Exposition universelle. Elle était riche et belle, et lui, un timide médecin à l'âme romantique. Elle vivait dans un hôtel particulier avec domestiques et gouvernante. Mais, tyrannisée par un beau-père ignoble, elle décida de se sauver pour épouser son amant et s'enfuir en Amérique, où ils se reconstruisirent une vie pleine d'amour malgré les affres d'un destin tortueux...

— Et il prononça le mot magique « Paris » et elles succombèrent irrémédiablement à son charme, soupira Tom, finalement beau perdant en voyant le regard rêveur de ses compagnes de tablée.

— Ah, parce que toi, t'as pas envie de tester les bars du Quartier latin et la complaisance des Parisiennes, peut-être ? rétorqua Hella, un peu piquée qu'on la soupçonne de craquer pour ce récit à l'eau de rose.

— Merci ! Les Parisiennes sont donc toutes des filles faciles et les hommes blancs, tous des connards phallocrates. C'est la soirée des clichés vexants ? réagit aussitôt Hermine avec humeur.

L'arrogance d'Hella s'abattit d'un coup :

— Oh, Minette, tu sais très bien que je ne disais pas ça pour toi, s'excusa l'aspirante poétesse, penaude.

Elle se pencha doucement et vint caresser du bout du nez l'épaule découverte de son amie. Cette dernière, s'obstinant à jouer les offensées, tourna la tête avec dédain. Hella ne se laissa pas décourager et posa un baiser sur sa joue, puis un second, plus sonore.

— Ma délicieuse et fière Parisienne, lui glissa-t-elle en embrassant le creux de son cou, ma douce Hermine, aie pitié de mon incorrigible grande gueule, ajouta-t-elle à son oreille.

Cette dernière ne parvint pas à garder plus longtemps

son air de duchesse outragée et partit d'un rire musical lorsque Hella entreprit de la couvrir de bises claquantes. Dans le bar, personne ne prêta attention à leurs jeux amoureux.

    Nathan tourna son regard vers Neal. Celui-ci souriait affectueusement devant le joli couple que formaient les deux jeunes femmes. Ce que des amies pouvaient se permettre en public[40], parce que les gens n'y voyaient rien d'autre que les badineries propres au sexe faible, n'était pas à la portée de deux hommes qu'on aurait tout de suite taxés d'efféminés[41].

    Nathan avait observé les échanges de roucoulades entre Hermine et Hella avec une pointe d'envie et pas mal de frustration. Sur sa cuisse, la main de Neal était restée posée, sagement, n'osant peut-être pas parcourir davantage de territoire de tissu, ne voulant peut-être pas éveiller trop d'espoirs. Nathan s'imagina cette main chaude venir doucement à la conquête de son aine, ces doigts fins envelopper son sexe et le caresser lentement sans que personne puisse deviner les indécences dissimulées par le plat de la table. Lui aussi avait envie de glisser des douceurs au creux de l'oreille de son charmant voisin, lui aussi voulait suivre des lèvres la ligne de sa nuque et goûter à sa bouche.

    Il toussota avant de reprendre une gorgée de bière. Il avait un peu chaud soudainement. Il allait devoir maîtriser ses nerfs, ressaisir les rênes de ses désirs, et fissa. Il se l'était promis : fini le flirt à deux ronds. Neal était sa muse et son ami, pas un déversoir à fantasmes. S'il voulait profiter de cet élan d'inspiration, il devait garder la tête froide.

---

40   Bien que moins souvent soupçonnées que les gays, de nombreuses lesbiennes furent inquiétées par les répressions de l'époque McCarthy, et notamment les femmes ne voulant pas se plier aux codes vestimentaires de l'époque ou celles ayant goûté à l'indépendance et à une certaine forme de liberté sexuelle pendant la Seconde Guerre mondiale.
41   En termes d'image, il n'y a littéralement pas plus honteux à cette époque, aux USA, que d'être considéré comme une *sissy, fairy* ou une *pansy* ; bref, d'être vu comme efféminé. On peut avoir occasionnellement des gestes un peu plus qu'amicaux dans un cadre viril (armée, sport), mais le tout est de rester un mâle dominant dans son attitude et son mode de vie.

« Les histoires de cul, c'est souvent ce qui flingue tout chez les artistes »...

Enfin, c'est ce que lui aurait dit Mamie Liz. Peut-être dans un vocable un peu plus châtié, cependant...

— Ah, au fait, je te rends ton bouquin, Neal. Franchement, je ne sais pas qui est ce gars-là. Ma mère non plus n'en a jamais entendu parler. Avec un nom pareil, l'auteur ne doit pas être français. Allemand, peut-être ? En tout cas, c'est une merveille. Il faudrait le traduire et le rééditer.

Hermine venait de poser sur la table un petit ouvrage relié. Le pauvre livre était dans un état de délabrement avancé. Avec mille précautions, Neal le prit dans ses mains et le tendit aussitôt à Nathan.

— Tiens, toi qui t'intéresses aux muses, commença-t-il, un sourire taquin aux lèvres. Et puisque tu sais lire le français, dis-moi ce que tu penses de ça.

Nathan ouvrit délicatement le livre. La couverture manqua de lui rester dans les mains. Sur la page de titre était écrit sobrement : *À ma muse, par E. Trommer. Paris, 1922.*

Il le feuilleta, certains passages étaient soulignés d'un trait de crayon à demi effacé.

— Qu'est-ce que c'est ? De la poésie. Vous êtes tous des mordus de poésie ici, c'est ça ? demanda Nathan.

— Oui, plus ou moins. De gré ou de force, commenta Tom en reprenant une gorgée de bière.

Les filles sourirent à cette réponse désabusée de leur ami qui n'était pas connu pour son goût immodéré pour la littérature.

— C'est mon oncle Seán[42] qui me l'a donné la fois où il est venu ici, enchaîna Neal. Il m'a dit que ça pourrait me plaire, et comme j'étais en train d'étudier le français...

---

42 Retrouvez l'histoire de Seán Reilly dans le roman *Londres, 1946*.

Nathan essaya de décrypter quelques strophes.

Je jouis, mon roi.
Notre duel ne fut pas une trop douce étreinte.
Et lorsque se couchent, épuisées et rompues,
nos épées dans un dernier fracas.
Je baigne nos draps d'or de mon extase atteinte.

Son français était rouillé, mais, tout de même, la teneur du propos lui apparut assez clairement. C'est pourquoi il jeta rapidement un coup d'œil aux tables voisines avant de donner son avis :

— Attendez, vous êtes fêlés ! C'est totalement explosif votre truc ! Publier ça ? Mais autant se balader avec une cible dessinée sur le front !

Hermine leva les yeux au ciel.

— Misère, vous êtes d'une pruderie dans ce pays ! Je ne m'y ferai jamais !

À cette remarque, Hella éclata de rire. Un rire sonore et contagieux qui donna à son visage un éclat particulier. Nathan se prit à vouloir la photographier. Il n'osa pas sortir son appareil. La jeune femme attira sa compagne par l'épaule et lui déclara :

— Oh non, surtout, ne t'y fais pas ! C'est ce qui me plaît le plus chez toi.

— Mon goût pour la poésie salace ?

— Ton amour pour l'impudeur.

Les deux amantes se dévoraient littéralement des yeux. Elles ne résistèrent pas à se galocher avec conviction quelques instants plus tard, sous les yeux attendris de Neal et sous ceux un peu plus inquiets de Nathan.

— Et voilà, qu'est-ce que je disais, dès qu'on parle de la France, ça vire au n'importe quoi, commenta Tom avec lassitude.

NEW YORK, 1954

***

Le reste de la soirée se déroula merveilleusement, entre piques assassines, discussions profondes et grands moments de rigolade. Le petit groupe avait trouvé un genre d'équilibre bancal, mais suffisamment cordial pour permettre le dialogue sans que tout le monde s'écharpe. À la seconde tournée de bières, la conversation repartit sur le sujet de la vie parisienne. Nathan écouta les quatre amis rêver de s'enfuir là-bas pour y vivre de liberté, de littérature existentialiste et de poésie à la terrasse d'un café où l'on sirote du bon vin. Ça semblait même être un plan bien arrêté que Hermine et Neal avaient gambergé depuis pas mal de temps. Paris, cet éternel éden fantasmé par les poètes, comme si après deux guerres mondiales et quatre années d'occupation nazie, il pouvait rester sous les amas de ruines les braises rougeoyantes de sa gloire passée.

Nathan en doutait fort. Le Vieux Continent était bien loin, séparé de la jeune Amérique par un océan entier. Ici, à New York, la vivante, la flamboyante New York, il y avait tant à conquérir, à faire, à créer. Pour lui, le destin du Monde devait se jouer là, entre les silhouettes miroitantes des buildings qui se détachaient, toujours plus haut, dans le ciel de Manhattan. Vouloir partir vers des ailleurs qui chantent, c'était se bercer d'illusions. Mais il n'était pas interdit de rêver.

— Entre Hermine et toi, y a eu quelque chose, non ? demanda à un moment Nathan alors que les deux jeunes femmes étaient sorties prendre l'air et fumer une cigarette, et que Tom était porté disparu aux toilettes.

— Ah, t'as l'œil ! Oui, en effet, y a eu un truc entre nous, mais pas longtemps…

Neal reprit une gorgée de sa troisième bière. Il tenait vraiment bien l'alcool, pour un physique pareil. Ça le rendait juste un peu bavard et pas mal affectueux, au grand plaisir de Nathan, puisque présentement l'étudiant était quasiment lové dans ses bras sur la banquette. Il nota intérieurement que, une fois encore, ses fermes résolutions n'étaient pas d'une solidité redoutable.

— En fait, quand je l'ai rencontrée en première année, continua Neal après avoir recalé sa tête sur l'épaule de Nathan, elle m'a fait l'effet d'un grand bol d'air exotique. Cultivée, hyper élégante, décomplexée, totalement Française, quoi, le fantasme absolu. T'imagines, j'arrivais de ma cambrousse – les filles là-bas, sorties de la Bible, elles n'ont jamais ouvert un bouquin –, et je vois cette nana ! À une soirée où m'avait traîné Tom, je l'ai abordée, on a flirté pendant trois semaines, mais c'était pas... c'était bizarre, honnêtement, j'avais l'impression... que c'était comme une sœur, tu vois. Donc, d'un commun accord, on est passé à l'amitié. C'est bien mieux.

— Et Hella, elle est arrivée comment dans l'histoire ? demanda Nathan.

Neal se redressa pour le regarder d'un œil goguenard.

— Elle t'intéresse ? Au cas où t'aurais pas compris, elle et Hermine...

Nathan retint un ricanement de gamin ; lui aussi était peut-être un peu éméché.

— Mais non, imbécile, renvoya-t-il affectueusement. Je suis curieux, c'est tout. C'est un personnage, celle-là, et, avec la petite Parisienne, ça doit faire des étincelles !

— Oui, tu peux le dire, acquiesça Neal après un lourd soupir emphatique. Le bazar que ça a été avant qu'elles ne se mettent ensemble. Hermine vient d'un milieu très, très chic et artistique...

— ... Avec un prénom pareil, j'avais deviné, l'interrompit Nathan.

Neal retint un gloussement et continua :

— Sa mère est chorégraphe, elle vit à New York.

Hermine loge chez elle : beau quartier, *Upper West Side* et tout.

— Ah oui, je vois : la maman pas heureuse que sa fifille se la colle au pays de Lesbos et avec une noire par-dessus le marché, supposa Nathan un peu vite.

— Détrompe-toi, mon cher Nat, ce n'est pas du tout de là qu'est venu le problème. Sa mère s'en fiche comme d'une guigne que sa fille fasse les quatre cents coups. Elle lui passe absolument tout. Elle trouve ça même piquant que sa môme vive à fond la bohème. Pour te dire, c'est elle qui nous a dégoté le studio de répet' pour le groupe de théâtre qu'on a créé. Je ne sais pas trop ce qu'en penserait son père, cela dit. Lui est resté à Paris, de ce qu'elle m'a raconté, c'est pas du tout le même genre. Enfin, bref. Donc, en fait, la plus grande difficulté, ça a été de convaincre Hella du sérieux des intentions d'Hermine. Je ne sais pas si tu as remarqué, mais avec tout ce qu'elle a à affronter au quotidien, elle est du genre méfiant.

Nathan poussa un soupir amusé avant de reprendre une gorgée de bière.

— Qui ? Hella ? Méfiante ? Ah oui ? On va dire ça comme ça, ironisa-t-il.

Neal lui décocha un coup de coude avant de venir se reblottir contre lui en poussant un gémissement de bien-être. Il aurait ronronné que Nathan n'en aurait pas été surpris plus que ça.

— Vous vous ressemblez beaucoup, toi et Hella, souffla soudain l'étudiant après plusieurs secondes de silence. C'est pour ça que vous n'pouvez pas vous piffrer, vous êtes pareil. Deux chats échaudés par la vie.

Nathan retint sa respiration, très attentif. Dans la salle, l'ambiance était retombée, les conversations se faisaient à voix basse, il était déjà tard. Le moment invitait à la confidence. Et ça faisait un bout de temps déjà qu'il flottait entre eux des non-dits qui ne demandaient qu'à s'exprimer.

— New York est monstrueuse. Cette ville, elle est... On peut se faire bouffer, digérer et éradiquer pour rien, pour un regard, pour un geste, pour ce qu'on lit, pour la couleur de notre peau, pour notre accent... Vous avez raison d'être méfiants. Et je devrais sans doute faire pareil, ajouta Neal d'un ton grave où on pouvait sentir un peu de résignation.

À ces mots, les doigts de Nathan se crispèrent. Avait-il bien entendu ? Il se retint cependant de lui demander de répéter, sentant qu'il risquait de faire tourner court la conversation. Après un soupir, Neal continua, d'une voix plus claire et résolue :

— On ne vit pas exactement dans une période de franche tolérance. Le plus sage, c'est de ne faire confiance à personne et de la jouer profil bas...

— Qui c'est qui la joue profil bas ? lança Hella en revenant à leur table.

— Si je réponds « toi », tu vas me casser la gueule ? répondit immédiatement Nathan pour détourner la conversation.

Il y avait bien trop d'intime dans les quelques phrases énigmatiques livrées à l'instant par Neal pour les partager avec le reste du groupe.

— J't'aime bien, Atkins, t'as un petit côté maso, ou alors t'es suffisamment bourré pour reconnaître d'où vient le danger, admit la poétesse avec un sourire de lionne.

— Je sais pas vous, mais, moi, je ne tiens plus debout, et puis demain on a cours, commenta Hermine, qui revint une minute plus tard en traînant un Tom à moitié endormi sur ses talons.

— Minette, tu m'aides à me lever, je suis mooooort, gémit Neal dans un quasi-miaulement.

Il s'extirpa du confort relatif de l'épaule de Nathan et tendit les mains vers son amie comme un jeune enfant.

Celle-ci prit une expression navrée, mais, de bonne grâce, lui saisit les poignets et tira d'un coup. Pas très stable, Neal atterrit à moitié dans ses bras en rigolant. Nathan se leva à son tour et réunit ses affaires. Les cinq jeunes gens se dirigèrent vers l'extérieur.

Sur le trottoir, l'air encore vif de la fin février les accueillit alors qu'ils fermaient tous leurs blousons et manteaux. Hella, affectueusement, aida Hermine à nouer le col de sa capeline. La jolie Française en profita pour lui voler un baiser sur la bouche, qui fit sourire timidement sa compagne.

En observant ce geste de douce insouciance, Nathan repensa aux mots de Neal. La méfiance était une maladie, elle pouvait empoisonner les sentiments aussi sûrement qu'une dose de cyanure. Il ne voulait pas qu'un trop-plein de méfiance noircisse l'âme de Neal comme les rabâchages de Richard avaient sali la sienne. Alors, au moment où tous décidèrent de se séparer pour rejoindre leurs quartiers respectifs, il attira l'étudiant à lui par la taille et lui planta un baiser sur le nez avant de lui ébouriffer une dernière fois les cheveux. Ses doigts s'attardèrent dans les boucles sombres, assez longtemps pour pouvoir en apprécier la douceur.

Ils échangèrent un sourire. Celui de Neal brillait d'un éclat éblouissant.

NEW YORK, 1954

Accentuation

L'ACCENTUATION EST UNE AUGMENTATION DE LA NETTETÉ NE PORTANT QUE SUR LES CONTOURS.

Combien de fois s'étaient-ils vus, déjà ? Dix ? Douze fois ? Combien ça faisait-il de rendez-vous ? Combien de parties d'échecs, d'heures de discussion, de regards échangés, de demi-confessions ? Et le bilan de tout ça : Nathan allait devoir l'admettre, c'était qu'il était dans la panade. Pas moyen d'y faire quoi que ce soit, cette histoire frisait l'envoûtement.

Concrètement, Neal occupait la plupart de ses pensées, de façon envahissante, totale et obsessionnelle. Cet étudiant ébouriffé, avec son sourire déluré, ses écharpes en laine, ses grands yeux innocents et son caractère bien trempé, lui avait agrippé le cœur. Et pas que le cœur, Bon Dieu ! Il avait envie de lui, tellement que c'en était obnubilant. Mais, malgré l'indéniable attirance qui se lisait dans le moindre des gestes de Neal, malgré l'appel qui vrillait les nerfs de Nathan au point de le contraindre à de pathétiques séances de masturbation sous la douche une fois chez lui, malgré cette tension qui devenait une véritable torture... il ne s'était toujours rien passé entre eux. Ils s'en empêchaient, ils se l'interdisaient, depuis presque trois mois. Pourtant, leurs soirées ne se terminaient pas si tard, ils auraient pu trouver des lieux discrets pour mettre les choses au clair. Manhattan ne manquait pas de ruelles sombres et de *backrooms*[43] obscures, d'endroits où les indics du gouvernement ne mettaient pas leur nez – pas trop souvent, du moins. Cependant, ils se quittaient toujours à la sortie du Remo, ou du Bag, ou de tous les bars du *Village* sans qu'il n'y ait jamais de proposition directe d'un côté comme de l'autre.

Ah, pourtant, ça démangeait Nathan de demander à l'étudiant s'il ne voulait pas passer chez lui prendre un dernier verre. Mais faire rentrer le sexe dans leur relation avait quelque chose de dangereux. Et pas seulement à cause de l'arsenal répressif qui les attendait s'ils se faisaient prendre. Après de longues heures de réflexion, Nathan en était venu à penser que leur amitié s'alimentait de cette tension érotique et que la création en art était la résultante d'un perpétuel désir de possession frustrée. Assouvir son envie, c'était risquer de briser ce fragile équilibre, ce quasi-prodige, qui lui avait fait réaliser en trois mois les plus belles photographies de sa carrière. Il avait fait jusqu'à présent une centaine de clichés de Neal. Nombre d'entre eux pris au Remo, à la lumière douce des fenêtres du café, dans l'atmosphère cosy de ce qui était devenu leur coin réservé. Et puis d'autres, dans la rue, sous la pluie grise d'un dimanche de balade ; à Central Park, les yeux vers le ciel ; à Time Square, faisant le clown devant un théâtre et partout, nulle part, avec la ville comme décor et Neal, l'étincelle de vie totale, comme seul modèle. À chaque portrait surgissait, comme un miracle, cette même lumière, ce même élan de

---

[43] Les *backrooms,* ou arrière-salles, sont des endroits discrets, souvent obscurs où, dans certains bars, les clients peuvent se retrouver pour laisser libre cours à leur désir. A l'époque où l'homosexualité était illégale, ces lieux permettaient à la communauté gay de maintenir des moyens d'expression de sa sexualité.

vie, où Nathan puisait l'immense exaltation d'avoir trouvé une source d'inspiration à nulle autre pareille.

Un peu trop pudique pour dévoiler ces nouvelles images à son collègue Moses, il avait développé les photographies chez lui, dans sa propre salle de bains, où étaient maintenant installés une ampoule rouge, des bacs à révélateur et de quoi faire ses tirages. Les images, superbes, étaient apparues une à une sous son regard impatient. Elles étaient nées lentement, émergeant du blanc du papier ; les ombres créant les lignes, les gris modelant les formes. Parfaites.

Il pouvait bien l'avouer, Neal avait un charme magnétique qui impressionnait la pellicule Ilford[44] avec le plus évident naturel. Il était né pour être photographié. Est-ce que le talent de Nathan était sublimé par ce modèle, ou est-ce que n'importe quel grouillot avec un appareil photo aurait pu obtenir ce résultat ? Malheureusement, il n'était pas vraiment sûr d'avoir la réponse.

Et puis il y avait leurs discussions. Nathan attendait également chacun de leurs rendez-vous pour ces débats passionnants qui finissaient toujours, après la fièvre des arguments, en calmes confessions, chacun d'eux se livrant tour à tour et apprenant à connaître l'autre, entre les lignes des raisonnements politiques ou philosophiques. Neal avait cette manière de séduire à demi-mot, par touches discrètes, par jeux subtils, par tout un labyrinthe d'éloquence charmeuse et d'honnêteté modeste qui en venait à conquérir même les sens, même la raison, même le caractère pourtant réputé taciturne de Nathan.

Taciturne, tu parles ! Entre les mains de ce gamin, je suis un agneau, se dit-il, souriant pour lui-même.

— Atkins, t'es avec nous ou entre les cuisses de la belle Grace ? aboya Garret d'un ton exaspéré.

---

[44] Fondée en 1879, l'entreprise britannique Ilford © était réputée pour la qualité de ses pellicules noir et blanc.

NEW YORK, 1954

Ah oui… Il en avait oublié qu'il était présentement en train d'assister à une réunion de rédaction dans le bureau du boss, dont le plafond ne se distinguait presque plus à travers la fumée des cigarettes et cigares de la tripotée de mâles intoxiqués au tabac entassés là.

Nathan balança un sourire de charmeur à la tablée de reporters et à son ours de patron.

— Boss, je suis tout à vous, vous avez mon attention la plus dévouée, la plus intense, la plus…

— Ouais, je t'en foutrais de ton attention dévouée, le coupa son patron, hirsute. Ch'ais pas ce qui te pollue la niaque en ce moment, Atkins, mais va falloir que tu te retires fissa les pouces du fondement, parce que ça fait deux semaines que tu me dois un reportage un peu chiadé et que je vois rien venir. Est-ce que j'ai la gueule à la sœur Anne[45] ?

Nathan se mordit la joue pour ne pas rigoler et parvint, non sans mal, à garder un visage neutre et respectueux.

— Non, boss, opina-t-il.

— Alors, tu vas te bouger la nouille, le tombeur, et pas seulement pour faire crier ces dames, parce que sinon faudra pas venir me chouiner aux esgourdes si tu te retrouves à faire des photos de réclames pour le dernier récure-chiottes ! assena Garret en écrasant son énième cigare dans le cendrier déjà trop plein de la table de réunion.

— Je m'y emploie, boss. Il méritera un Pulitzer, je vous l'promets ! D'ailleurs, il faudrait que j'y aille, là, vous savez ce que c'est, l'inspiration qui n'attend pas et tout ça… taquina Nathan, un tantinet inconscient, en faisant mine de se lever pour sortir.

— Oh là, recarre-moi tout de suite ton petit cul de blanc-

---

[45] « Sœur Anne, ma sœur Anne, ne vois-tu rien venir ?
— Je ne vois rien que le soleil qui poudroie, et l'herbe qui verdoie. »
Attention, référence improbable à un conte de Charles Perrault : *Barbe Bleue*, que les Américains connaissent bien puisque « *a Bluebeard* » est, dans le dictionnaire, la définition d'un homme tuant ses épouses les unes après les autres.

bec dans le siège, Atkins ! On finit d'abord MA réunion et ensuite je te donne OU PAS l'autorisation de rejoindre ton prix Nobel douteux. On n'est pas à la foire à la bière ici, chacun se barre pas quand il a une envie pressante !

Un stagiaire tenta une remarque sur le fait qu'il n'existait pas de prix Nobel de Photographie. Rob faillit l'embrocher avec son stylo-plume, et la réunion reprit son cours sans qu'il ne soit plus question de l'article de Nathan.

Ce dernier n'avait pas menti, il avait bien une idée sous le coude. C'était un reportage qu'il projetait de faire. Quelque chose d'ambitieux et de contestataire et, comme beaucoup de ses projets ces derniers temps, Neal en était l'inspiration.

Tout partait du rendez-vous qu'il devait avoir le soir même, obtenu à force de négociations, et peut-être grâce à ses sourires ravageurs – enfin, ça, il n'y croyait qu'à moitié. L'étudiant lui avait accordé d'assister à l'une de ses répétitions de théâtre. « Son jardin secret », comme il l'appelait. Dans les faits, bien que cela semble passionner Neal et sa bande d'amis, Nathan n'avait pas encore pu voir une seule démonstration de ce projet quasi top-secret. De ce qu'il en avait compris, il s'agissait d'un cours d'art dramatique, dont l'étudiant, avec ses 23 ans et son physique d'allumette, était, étonnamment, l'un des professeurs bénévoles. Ce qui avait commencé comme un projet universitaire sur le thème de l'art de la scène comme thérapie avait viré chez lui en véritable passion, bien vite communiquée à Hermine, à Tom et même à Hella.

Neal lui avait raconté qu'il retrouvait tous les vendredis soir une poignée d'adolescents désœuvrés dans un local à Brooklyn. Ils les avaient convaincus de consacrer trois heures par semaine à étudier des textes classiques, à déclamer des tirades post-modernes, à bouger devant un public ; bref, à exprimer leur rage et leurs frustrations en apprenant à faire l'acteur. Ça fonctionnait merveilleusement bien, lui avait-il expliqué. La plupart de ses élèves avaient gagné en assurance et en maturité en l'espace de quelques mois seulement. Certains avaient repris des études, d'autres trouvé un boulot. Avec le bouche-à-oreille, il voyait arriver de nouvelles têtes presque chaque semaine. Pour ces ados, *a priori* totalement abandonnés par la société, il y avait de quoi être fier.

Le concept de la réhabilitation par l'art était du Neal tout craché. Patience et éducation pour s'insérer sans heurt dans cette société américaine paranoïaque qui n'avait qu'une peur : que des hordes de jeunes dévoyés viennent corrompre les sacro-saintes mœurs policées de l'après-guerre. À leur place et à leur âge, Nathan avait eu plutôt tendance à aller avec sa bande gueuler sous les fenêtres des commissariats, à pisser sur les affiches pour le recrutement de l'armée et à cramer tous les panneaux ségrégationnistes qu'il croisait. Bref, à cracher ouvertement sur le système, pas à essayer de s'adapter pour rentrer dans les cases prédéfinies de la société. Mais il était tout de même curieux de voir Neal jouer la comédie. Que pouvait donner ce caractère si solaire sur une scène de théâtre ?

Et surtout, si les résultats de cette méthode de réhabilitation douce étaient si extraordinaires, il voulait en faire un papier. Un vrai dossier, illustré d'images pleine page. Les initiatives non répressives et non culpabilisantes ne couraient pas les rues ces dernières années, alors un exemple comme celui-là méritait d'être mis en valeur. Et puis ça plairait sûrement à Garret, lui qui avait commencé à Brooklyn comme pigiste dans un canard local.

Nathan débordait d'impatience. Son instinct le trompait rarement. Et là, il le sentait, il tenait un sujet !

***

C'est ainsi que ce même jour, à 20 heures tapantes, Nathan se retrouva sur le perron d'un immeuble en briques rouges décrépit, comme il y en avait tant dans ce quartier au-delà de l'East River. La neige n'était plus tombée sur New York depuis la semaine passée et les rues étaient à présent humides d'eau boueuse et glaciale.

Moins romantique, mais joliment brillante et reflétant bien la lumière des réverbères, se dit-il, son œil de photographe toujours aux aguets.

Sur une plaque métallique fixée à gauche de la porte était gravé : *Art Studio for talented youngsters*[46].

À peine pompeux, comme nom, pensa-t-il, amusé.

Neal, qui l'avait rejoint dix secondes plus tôt, le précéda dans l'entrée du bâtiment. Ils suivirent un étroit couloir couvert de papier peint à rayures à demi arraché, puis arrivèrent dans une cour minuscule, mais très calme, qui donnait sur une sorte de hangar. La salle de répétition était un grand loft aménagé dans un ancien local d'artisan. Des murs pelés, des fenêtres hautes, des piliers en métal un peu rouillés, des fauteuils et chaises disparates, des poufs en tissu jetés çà et là sur les lattes ternes d'un parquet gris, c'était un décor idéalement sobre et accueillant. De gros spots de tournage faisaient office de lampes. Leur lumière blanche violente créait des ombres fantastiques autour des choses et des êtres. Les expressions des visages étaient accentuées. Ainsi illuminée, la pièce avait des airs de veillée de contes de fées ou d'un squat d'intellectuels de gauche.

Un décor magnifique pour une séance photo, considéra Nathan en rentrant à la suite de Neal dans la salle.

Tom, Hermine et Hella étaient déjà arrivés et plongés en pleine discussion avec une bonne dizaine de jeunes gens aux looks pour le moins hétéroclites. Les présentations furent faites avec simplicité et Neal expliqua sans ambages

---

46   Studio d'art pour jeunes talents.

que Nathan était un photographe qui l'accompagnait à cette répétition pour se familiariser avec le monde du théâtre amateur. Quelques sourcils se froncèrent, il y eut des regards méfiants, puis rapidement les jeunes comédiens ne firent plus attention à lui. Honnêtement, c'était la troupe la plus cosmopolite qu'il lui avait été donné de voir de toute sa vie. Une sorte d'utopie pour démagogues : Noirs, Latinos, Irlandais, fils de commerçants, filles d'ouvriers, et même une gosse de riches, réunis pour réciter du théâtre classique dans un studio de danse en plein Brooklyn. Surréaliste.

Le temps que tout le monde arrive, Nathan se plaça en retrait. Il n'avait apporté qu'un appareil photo, son préféré, le petit Leica très pratique qu'il pouvait tenir d'une main. Pour éviter de faire du bruit et de déranger la répétition, il retira ses chaussures. Il fit le tour des lieux pour déterminer les angles les plus intéressants le plus discrètement possible. Les comédiens s'étaient placés vaguement en cercle. À demi étendus sur les coussins, vautrés sur les fauteuils, ils écoutaient attentivement un jeune homme à grosses lunettes, bafouillant quelque peu, qui semblait faire office de metteur en scène. Celui-ci était en train de décrire l'ambiance générale de l'Acte 1 de la pièce qu'ils s'apprêtaient à répéter.

Nathan prit trois photos du garçon à qui on pouvait trouver, en cherchant bien, un certain charisme sous ses airs d'étudiant en sciences un brin paumé. Le montage de la pièce semblait être une affaire soumise à débat et loin de la création d'un seul auteur. Toute la troupe y allait de son point de vue pour ajuster la mise en scène. L'écoute et la patience n'avaient pas l'air d'être le fort de certains des jeunes comédiens, mais une bonne humeur générale permettait de tempérer les caractères les plus enflammés. Une demi-heure s'écoula en discussions, avant que chacun se décide à sortir son texte de son sac. Les répétitions allaient enfin commencer.

***

Acte 1, scène 1 : son texte à la main, c'est Hella qui prend la première la parole. Elle est très grande, très fine, elle se tient comme une reine et a dans le regard l'envie de conquérir le monde. Elle ferait une magnifique comédienne. Pourtant, Nathan le sait maintenant, le seul désir d'Hella, c'est d'écrire. Elle ne participe que pour faire plaisir à Neal. À croire, mais c'est peut-être vrai, que le monde tourne autour de ce garçon, de ses rêves, de ses espoirs et de ses sourires qui font fondre les cœurs. Nathan prend une série de clichés de la jeune femme alors qu'elle n'a d'yeux que pour son amante, Hermine, qui s'est assise sur un tabouret près d'un spot. Hella déclame et sa voix forte se pose pour énoncer avec emphase les premières répliques.
Clic.
Elle est belle, ses grands yeux noirs resplendissent sous l'arc dessiné de ses sourcils. Elle met une pointe de provocation dans sa voix et s'exclame sur une tirade avec coquetterie. Elle en fait peut-être un peu trop. Elle a besoin d'affirmer qui elle est, pas de revêtir un énième masque, et ça se sent dans sa manière de refuser de se donner à son rôle. Elle bute sur un mot et se trompe.
Clic.
Nathan parvient à saisir une moue, un clin d'œil envoyé à Hermine. Hella enchaîne et la scène reprend, d'autres protagonistes font leur entrée. Matthew, un gamin renfrogné à la coupe en brosse, et Dolores, une Latine qui roule les « r » et les hanches. Le trio échange plusieurs répliques. Les erreurs s'accumulent. Hella stoppe et critique soudain la mise en scène. Elle part dans un débat avec le gamin à lunettes, qui s'embrouille en jetant des regards inquiets autour de lui. Hermine s'en mêle, se lève et les

suggestions se mettent à fuser. Le texte est complexe, c'est un genre de théâtre de l'absurde[47]*, des répliques soumises à plusieurs interprétations possibles, des provocations dissimulées derrière une incongruité de surface. Il y a des partis à prendre et il faut que les comédiens s'entendent sur le ton à adopter. Au bout de cinq minutes, le débat se calme, des compromis sont trouvés, chacun se replace et Hella reprend sur les deux dernières répliques. Nathan vient de comprendre en quoi ce type d'atelier est un moyen parfait pour recréer le dialogue entre les jeunes d'un quartier.*

Il sourit. L'exemple est bluffant. Neal avait raison. Nathan se tourne vers lui ; Neal est resté très en retrait depuis le début des répétitions. Assis au sol, attentif, il regarde calmement sa petite troupe. Il a les jambes croisées, les feuilles de textes abandonnées dans son giron. Ses doigts font inconsciemment danser un crayon de bois à la mine émoussée. Son visage légèrement penché sur le côté est figé dans une écoute sage.

Clic.

Nathan prend une photo de lui, ainsi, esprit tutélaire du groupe. Derrière son apparence calme, sa concentration a quelque chose de nerveux. Il y a comme une tension électrique affleurant de sa frêle silhouette. Son corps tout entier guette les mots prononcés et déchiffre les gestes. Nathan l'observe, sentant comme une prémonition que c'est ici que surgira sa prochaine image. Soudain, Neal se lève, son texte à la main.

Clic.

Nathan a eu le temps d'attraper au vol le mouvement. Mal cadré, sans doute ; dommage, il y avait là une étonnante grâce, une spontanéité débordante d'énergie, qui vient d'éclater dans la pièce silencieuse. Tous les jeunes

---

[47] Le théâtre de l'absurde est un genre apparu durant la Seconde Guerre mondiale, qui se caractérise par une rupture totale avec les genres classiques de la comédie ou de la tragédie. Le langage est déstructuré, la logique et l'intrigue explosent.

comédiens le regardent et lui font place. Neal prend une profonde respiration, il ferme les yeux. Quand il les rouvre, Nathan ravale son souffle. Il n'y a plus aucune innocence dans son regard ; un éclat dangereux, empoisonné, y brille à présent. Une teinte de séduction diabolique. Ce n'est pas un masque, ce n'est pas une interprétation : il est son personnage, il incarne un autre. Un autre s'incarne en lui. Sa voix se fait onctueuse, il s'adresse à Hella. Il s'approche d'elle, la contourne et la frôle. Tentateur et terrifiant.

Clic.

Nathan réagit à l'instinct, il commence à saisir des instants. Il sait que beaucoup de ses photos vont être floues. Neal bouge énormément, tout son être accompagne les tirades, les mots débordent de lui et prennent vie, presque à son corps défendant. Quand son personnage est contraint de se poser, sa fébrilité en devient pratiquement palpable. C'est une tension de chaque muscle, de chaque nerf, un courant électrique que Nathan peine à capturer avec l'objectif. C'est merveilleux à regarder. C'est comme une possession, un moment surnaturel dont on croit entrapercevoir le miracle par accident. Et Nathan suit chaque geste, chaque mot.

Clic.

Fasciné.

Clic.

Il est le témoin, l'œil. Neal est le texte, le mouvement, la vie ; il transcende les mots. Nathan, lui, n'a le temps que de capturer l'image, de tenter de figer le sublime. C'est de la création pure. À deux, ils font l'alchimie artistique absolue. Le jeune comédien est l'éphémère, le photographe est l'immortalité. Ce moment de plongée dans l'art total[48]

---

48   Le concept d'« œuvre d'art totale » date de la fin du XIXe siècle, mais connaît un nouvel essor dans les années 50 aux USA. Il s'agit de l'utilisation simultanée de plusieurs disciplines artistiques mêlées pour une même création et dont la portée symbolique, philosophique ou métaphysique dépasse la seule qualité esthétique.

est de ceux qui font stopper la course du monde. Et Nathan, en croisant le regard de Neal, comprend qu'il en a lui aussi pris conscience.

***

Dans la salle de répétition, il ne restait plus qu'eux deux.

La troupe était partie dans un brouhaha joyeux une dizaine de minutes plus tôt. Il était près de 23 heures. Hella, Hermine ainsi que Tom, qui ne pouvait pas s'empêcher de suivre continuellement les deux jeunes femmes, projetaient de prendre un verre, quelque part dans le quartier ou, s'ils parvenaient à se motiver, à repartir en métro vers Manhattan pour faire le tour du « circuit des oiseaux[49] ».

À part pour les saluer, Nathan n'avait pas vraiment prêté attention à leur départ. Il ne comptait pas se joindre à eux ce soir. Il était épuisé, vidé, lavé, comme s'il avait couru un marathon et enchaîné avec la lecture de l'intégrale de Dostoïevski[50]. Tout ce qu'il était en état de faire, à présent, c'était de consacrer toute sa concentration à un geste simple : enrouler manuellement sa dernière pellicule dans son appareil photo. Il lui fallait ne pas dévider la molette trop rapidement pour que la bobine de film ne s'abîme pas. Il serait criminel de perdre les images en gestation qui dormaient là, sur la fragile bande exposée du film photographique. Il ne pourrait pas se pardonner de ne pas pouvoir les développer à cause d'une maladresse. Il y avait des vues potentiellement superbes parmi cette trentaine de poses : il en était sûr. Le photographe en lui n'avait qu'une hâte : rentrer à son appart pour faire naître ses créations

---

[49] *Birds Circuit*, la tournée des bars portant des noms d'oiseaux : *le Blue Parrot, le Golden Pheasant* ou encore le *Swan*, quelques-uns des repères les plus connus de la vie nocturne et de la drague homosexuelle à New York.
[50] Dostoïevski, romancier russe, dont les œuvres, qui portent énormément sur des questions métaphysiques comme celle de l'existence de Dieu, soulevèrent de grandes méfiances chez les indics de McCarthy.

dans les bains de révélateur.

Un dernier tour, et un petit cliquetis lui laissa entendre que l'opération avait réussi. Il s'apprêta à retirer la pellicule pour la remplacer par une autre, vierge, dans le boîtier. Mais, autour de lui, l'obscurité s'installait. Il releva les yeux.

Neal allait de projecteur en projecteur pour les éteindre et plonger la grande salle parquetée dans l'ombre. Il n'en resta bientôt plus qu'un dernier, très puissant, une présence à lui tout seul avec son pied en tripode métallique noir et son énorme ampoule blanche. Patte d'insecte et œil de cyclope : un monstre phare. Il éclairait le centre de la pièce, son faisceau large et ovale droit sur le sol dessinait une mare de lumière. Les murs couverts de miroirs renvoyaient les éclats d'ombres partout, jusqu'au plafond couvert de peinture terne. Neal était debout, immobile, au centre du halo, silhouette fragile et pourtant d'un charisme écrasant dans cette lumière violente. Il se tourna vers Nathan, qui avait gardé son Leica à la main ; l'éclat hypnotisant des yeux du comédien lui avait ôté toute faculté de bouger. Il resta figé, fasciné par le flot de lumière tranchante qui gorgeait les iris du jeune homme en face de lui. Neal entrouvrit les lèvres, sa langue en mouilla la pulpe. Nathan le vit prendre une inspiration.

Des mots résonnèrent dans la pièce. Faisant palpiter les murs, rebondissant dans le vide des miroirs ; la voix de Neal emplit l'espace autour d'eux :

Ces passions qu'eux seuls nomment encore amours
Sont des amours aussi, tendres et furieuses,

Cette voix s'élevait, chaude et légère, imprégnée d'émotion. Nathan se retint de fermer les yeux, il aurait voulu se concentrer sur le sens des phrases. Mais il n'y parvint pas.

> *Même plus qu'elles et mieux qu'elles héroïques,*
> *Elles se parent de splendeurs d'âme et de sang*

Il reconnut les strophes d'un poème, on aurait dit une musique. Il y avait des élans et des chutes, des envolées et des sommeils.

> *Et pour combler leurs vœux, chacun d'eux tour à tour*
> *Fait l'action suprême, a la parfaite extase*

La voix de Neal plongea, mâle et sensuelle, lourde de sentiment, mêlée d'accent de drame. Les consonnes roulèrent, amoureuses. Les voyelles éclatèrent, séductrices.

> *Tantôt la coupe ou la bouche et tantôt le vase*
> *Pâmé comme la nuit, fervent comme le jour.*

Neal s'approcha de Nathan, ses pieds nus glissant sur le parquet, il était irréellement beau, et Nathan ne put détacher son regard de lui. Son esprit absorbé tout entier par cette voix vivante, envoûtante, qui l'enveloppait et le capturait dans ses volutes chaudes.

> *Bras las autour du cou, pour de moins langoureux*
> *Qu'étroits sommeils à deux, tout coupés de reprises,*

Le photographe entendait les mots, en reconnut certains accents, mais ne chercha même pas à les comprendre. C'était du français, c'est tout ce qu'il perçut. Il se laissa ensorceler.

> *Dormez, les amoureux ! Tandis qu'autour de vous*
> *Le monde inattentif aux choses délicates,*

Neal était à présent à trois pas de lui, la moitié de son visage était peint du blanc de la lumière du projecteur, l'autre était une ombre où brillait tout l'éclat de son œil droit. Les mots glissèrent encore un peu entre eux deux, mais le poème s'estompa à mesure que le jeune comédien se rapprochait de Nathan. Son regard ne le quittait pas, il semblait près de l'engloutir.

Bruit ou gît en somnolences scélérates,
Sans même, il est si bête ! être de vous jaloux.

Puis sa voix se tut sur une dernière rime qui finit en un souffle venant caresser les lèvres du photographe. Nathan n'osait plus respirer, il n'osait plus penser. Il ferma simplement les yeux, car ses rétines étaient saturées de lumière. Il attendit une seconde, puis deux, puis trois et à la quatrième il perçut le contact d'un baiser. À peine un effleurement.

— Puis-je ? souffla Neal.

Nathan n'ouvrit pas les paupières, il parvint seulement à acquiescer d'un léger signe de tête. Il sentit le contact d'une paume chaude envelopper un instant sa joue. Et les lèvres furent de nouveau là, pétales humides et doux.

Elles le caressèrent impatiemment et il répondit enfin, entrouvrant les siennes et se laissant posséder. Ce baiser fut immédiatement profond, immédiatement passionné.

Nathan avait l'impression d'être jeté dans le vide. Son cœur battait fortement, avivé d'un désir sauvage. Sa main libre se perdit dans les mèches désordonnées de Neal, il l'agrippa comme un naufragé trouvant enfin un radeau en pleine tempête. Il força de sa langue la bouche offerte, lui arracha des gémissements lorsqu'il plaqua une main possessive au creux de ses reins pour le serrer contre lui. Ce garçon était un démon, un litre de café et une bouteille de whisky à lui tout seul. Une intoxication délicieuse. Nathan voulait le prendre là, à même le parquet grinçant du studio, sous la lumière crue du projecteur blanc. Sa chair tout entière hurlait en lui les cris des plaisirs à venir et lui dessinait sur la rétine des images d'étreintes suffocantes. Il chutait dans un gouffre, profond, abyssal, loin de toute réalité. Pouvait-on réellement revenir d'un baiser pareil ?

Mais le moment présent reprit malgré tous ses droits. Nécessité de l'espèce que la respiration ! Le souffle avait fini par lui manquer et il brisa à regret leur étreinte. Le contact des lèvres de Neal lui manqua immédiatement, il en était déjà dépendant. L'ivresse était toujours là, au bord de cette bouche si rouge, furieusement rouge, de la couleur du sang et de la tentation. Et l'éclat de ces yeux, et les saccades de cette respiration...

Nathan prit une grande goulée d'air, il était littéralement fou de désir. Il aurait bien repris un peu de cette extase. Mais Neal recula d'un pas et changea d'expression, un peu comme s'il quittait un costume de succube et reprenait chair dans le corps de l'étudiant timide.

— Eh bien, ne me regarde pas comme ça, on dirait que tu vas me dévorer ! s'amusa-t-il, rieur.

— Excuse-moi de mettre un peu de temps à me remettre de cette expérience. C'était...

Nathan se passa la main dans les cheveux, sur la nuque, encore sous le choc.

— C'était...

— C'était agréable ? Choquant ? Répréhensible ?

Nathan se prit enfin à sourire.

— Les trois ! Et tu peux ajouter « définitivement excitant », aussi.

Et c'est le moins que je puisse dire, grommela-t-il

intérieurement.

— Ah, ça, c'est l'effet des mots ! En provenance directe du pays de tous les péchés. Et ce poème est de Verlaine[51] : un apologiste de la dépravation invertie... si tu ne connais pas, je te le conseille ! Bref, ce n'est pas étonnant que tu aies trouvé ça « excitant », ronronna Neal avec malice.

Il paraissait sûr de lui et, pourtant, sans vraiment savoir comment, Nathan devinait que le jeune homme était nerveux. Ça ne l'avait pas empêché d'être à l'initiative de ce premier baiser, mais son insolence cachait de la timidité et son air de tout savoir une certaine appréhension. C'était assez grisant, pour tout dire. Il y avait un défi pour Nathan à ne pas être le pion dans ce duel d'échecs entre séduction, provocation et innocence. Il prit la main de Neal et en plaça la paume grande ouverte sur son propre torse. Nathan ne portait qu'un débardeur couvert d'une simple chemise et, bien que le studio de danse ne soit absolument pas chauffé, sa peau était brûlante. L'étudiant eut un frisson.

— Je comprends... susurra Nathan d'une voix capiteuse. Si je te suis bien, ce ne sont « que » les mots qui m'ont coupé le souffle.

Il plongea ses yeux clairs, qu'il savait intimidants, dans ceux du jeune comédien, lui intimant presque l'ordre de ne pas détourner le regard, et continua :

— Ce ne sont que les mots qui ont pénétré... mon esprit...

Il fit glisser la paume de Neal le long de son torse, vers son ventre, vers ses muscles abdominaux qui réagirent malgré lui au contact de cette main qu'il sentit tremblante à travers le tissu. Neal avala sa salive. Nathan se força à ne pas sourire de cette timidité soudaine qui venait fendiller le masque de l'assurance.

---

[51] Ce poème de Paul Verlaine, *Ces passions qu'eux seuls nomment encore amours,* est extrait du recueil *Parallèlement*, publié en 1889. Il célèbre les amours homosexuelles masculines. Très subtilement explicite, il vaut vraiment la lecture en texte intégral.

— Est-ce que ce sont également « les mots » qui ont causé ce...

Il força la main de Neal à descendre plus bas, vers son aine, vers son entrejambe. Le jeune homme n'avait pas baissé les yeux, mais ses joues s'empourprèrent lorsque ses doigts rencontrèrent la ferme érection de Nathan contrainte par son pantalon. Et quand sa paume évalua la longueur de son sexe tendu, Nathan finit sa phrase en savourant intérieurement sa victoire :

— ... causé ce... violent durcissement de ma volonté créative.

Les yeux de Neal s'agrandirent d'étonnement. Nathan amorçait déjà un grand sourire de satisfaction.

À ton tour d'être déstabilisé, exultait-il intérieurement.

Soudain, l'étudiant s'esclaffa.

Il s'écarta de lui pour laisser plus de place à son hilarité. Il se tenait les côtes tout en essayant de contenir les éclats de son amusement. Enfin, après plusieurs longues minutes à reprendre son souffle, il parvint à retrouver son calme en pouffant malgré tout.

— Sérieusement, Nathan ! « Volonté créative » ! C'est la pire métaphore de la décennie ! Non, non, attends, pas de la décennie, au moins du siècle, tous pays confondus !

— Ah oui, parce que citer du Verlaine, tu trouves ça très subtil ? Dans le genre cliché, grommela-t-il, piqué.

— Oui, pour tout te dire, plutôt, oui. Et puis, comme ça, mes avances ont le mérite d'être claires, renchérit Neal en se rapprochant de nouveau pour nouer ses bras autour du cou de Nathan.

Du bout de son nez, l'étudiant lui caressa la joue avant de frôler ses lèvres. Son haleine chaude le fit frissonner de désir et Nathan peina à reprendre de l'emprise sur ses sens pour mimer la bouderie. Étrangement, pour se calmer, il ne trouva qu'une chose : replonger dans sa très chère paranoïa.

— Tu as envisagé la possibilité que je ne sois pas intéressé ? Et si je t'avais collé mon poing dans la tronche ? murmura-t-il, ne le repoussant qu'à moitié, une de ses mains toujours encombrée par son malheureux Leica.

Neal émit un souffle sec, moqueur.

— Ben voyons, je suis, certes, plus jeune que toi, mais pas complètement ignorant ou aveugle, Nat. La manière dont tu me regardes, dont tu me frôles : tu as envie de moi, répondit-il d'une voix douce, ensorcelante.

À ces mots, Nathan eut un saut au cœur. Il avait été trop prévisible, trop peu discret, il avait entraîné un jeune homme sur les chemins de l'immoralité, il ne valait pas mieux que Richard. L'inquiétude s'entortillait dans sa tête comme un serpent avide et, parce qu'il n'avait pas manqué de sentir sa tension, Neal ajouta :

— Et je ne vois pas comment tu aurais pu résister à l'argument linguistique le plus efficace de la planète en matière de drague. *Le français est la langue de l'amouuur.*

Son imitation de l'accent parigot était absolument atroce, mais la manière dont il commença à mordiller sensuellement l'oreille de Nathan, en réprimant un rire, eut pour effet de désamorcer l'angoisse qui s'était nouée au creux de son estomac. Ils étaient tous les deux consentants, majeurs et conscients des risques. Il n'y avait pas de rapport de domination entre eux. Il n'était ni question d'argent, ni d'intimidation, ni de je ne sais quelle fascination pour le pouvoir.

Ça n'a rien à voir avec Richard, ça n'a absolument rien du tout à voir avec Richard, se répéta Nathan.

— Tu sais que si tu continues à me provoquer, je vais finir par te tringler ici et maintenant, à même le sol de ce putain de studio de danse miteux, jeta Nathan entre provocation et honnêteté.

Lui aussi avait envie de chasser la tension loin derrière

un écran de légèreté.

— Me « tringler », vraiment ? Alors là, monsieur Atkins, même après du Verlaine, je trouve que vous allez très loin dans l'explicite ! Non pas que cela me gêne outre mesure, mais où est passé l'artiste au charme *so frenchy* qui voulait simplement me sublimer sur ses photographies ? le titilla Neal en lui saisissant les fesses et en plaquant d'un geste viril leurs deux bassins l'un contre l'autre.

La soudaine friction de leurs sexes, entravés par le tissu de leurs pantalons, arracha à Nathan un grognement de frustration et il faillit en lâcher son appareil photo. Il s'écarta brusquement avant que la situation ne dérape complètement. Et si quelqu'un venait à les surprendre ? Le studio n'était-il pas loué plus tard dans la soirée ? Ce garçon allait le rendre dingue ! Il se passa la main dans les cheveux pour reprendre autant que faire se pouvait une apparence un peu plus digne et, tout en se baissant pour saisir sa sacoche photo, il lança d'un air qui se voulait très désinvolte :

— Hum... Je te propose de finir la soirée chez moi, si tu veux. Je n'habite pas très loin...

En l'absence de réponse, il releva les yeux par-dessus son épaule, vers Neal, qui le regardait avec une incroyable moue de satisfaction greffée au visage. L'étudiant se mordilla un instant les lèvres, à l'évidence en faisant semblant de soupeser sa décision. Quelque part, malgré l'énormité de ce simulacre d'hésitation, Nathan se prit à craindre qu'il dise non. Et il argumenta alors maladroitement afin de le convaincre :

— J'ai du thé, du café, du whisky et même certainement un vieux jeu d'échecs perdu dans mon armoire de chambre. Enfin, si tu veux... Je ne veux pas que tu te sentes obligé d'accepter...

Le sourire de Neal pétillait tellement qu'il aurait pu éclairer toute la pièce.

— Vous êtes un gentleman, monsieur Atkins, vous le savez, ça ?

— Arrête de m'appeler *monsieur*, j'ai l'impression d'avoir vingt ans de plus que toi ! grogna Nathan.

Il se faisait embobiner par ce môme, c'était flagrant ! Et pourquoi lui avait-il proposé un plan pareil ? C'était contre toutes les règles qu'il s'était fixées au fil des années. Des règles très utiles, d'ailleurs, nécessaires, même, pour éviter de se faire pincer par la police, pour ne pas mélanger boulot et vie privée et, surtout, pour se préserver le cœur, parce que, de ce côté-là, il avait donné, merci !

Neal laissa échapper un rire léger et courut joyeusement finir d'éteindre le dernier projecteur. D'un bond, il récupéra son sac qui traînait dans un coin et dont il jeta la sangle en travers de ses épaules. Chaussures, veste et écharpe furent enfilées aussi vite, sous les yeux ahuris de Nathan, qui le laissa prendre son bras pour le guider vers la sortie. Il se retrouva sur le perron de l'immeuble, dans le froid de la nuit, et il n'avait même pas enfilé son manteau ! Neal souriait toujours. Il lui claqua les doigts sous le nez pour le faire revenir sur terre.

— Alors, on y va ! déclara le jeune comédien.

Ce n'était même pas une question. Ce n'était pas un ordre non plus. C'était sans doute le début de quelque chose de sublime... ou une énorme connerie, se dit Nathan, avant de lui montrer le chemin.

***

Le métro n'était pas bondé. Seulement quelques voyageurs à demi endormis sur les banquettes en bois, secoués par les cahots des rails et des arrêts. Peu nombreux, mais encore trop nombreux et encore trop réveillés pour permettre à Nathan d'embrasser Neal jusqu'à en perdre le souffle, et même trop nombreux pour ne serait-ce que lui permettre de prendre sa main, d'entrelacer leurs doigts. C'était illégal, c'était interdit, c'était dangereux et, pourtant, il en avait tellement envie que ses paumes en étaient moites, tremblantes. Sa jambe battait la mesure avec impatience et il n'arrivait pas à desserrer les dents pour dire quelque chose tant son esprit était obnubilé pas une seule pensée, une seule : Neal, nu dans son appartement.

Il devait attendre encore quatre arrêts avant d'arriver dans son quartier, il s'en voulait presque d'habiter si loin de Brooklyn... Si loin ? Là, il poussait un peu. Une poignée de stations de métro à peine le séparait de chez lui. Mais, en cet instant, comme un gosse en décembre devant la vitrine débordante de jouets de F.A.O Shwarz[52], il n'en pouvait plus d'impatience. Attendre, ATTENDRE, encore quatre stations et huit minutes de marche pour enfin, ENFIN, jeter Neal dans son lit.

Ce dernier, visiblement, n'avait pas la même fébrilité, les pieds nonchalamment calés sur la banquette d'en face, le regard perdu à observer les flashs lumineux des éclairages des tunnels. Il semblait ailleurs depuis cinq minutes, pensif, mélancolique, même, comme si son esprit s'était fait engloutir par les brumes de la nuit. Les ampoules des plafonniers du wagon éclairaient crûment son visage, accentuant l'ombre de ses longs cils noirs sur ses pommettes, lui peignant un teint très pâle, joliment éthéré. L'âme errante du métro. Nathan sortit son appareil photo et saisit l'expression rêveuse si belle et son reflet dans la fenêtre de la rame. Encore un portrait doux, en nuances, caressant ; un paradoxe, alors que dans l'esprit du photographe tout était chaos et désirs violents.

Clic.

---

[52] F.A.O Shwarz : ancienne et prestigieuse boutique de jouets de Manhattan fondée en 1870, qui ferma ses portes en 2015. On voit l'intérieur dans le film Big, avec Tom Hanks.

NEW YORK, 1954

— Tu fais ça souvent ? lui demanda Neal d'une voix neutre, sans quitter des yeux la vitre.

— « Ça » quoi ?

Clic.

— Prendre en photo les gens n'importe quand, n'importe où, sans leur demander leur avis.

— Oui, c'est mon métier, rappela-t-il un peu sèchement.

— Ce n'est pas une obsession plutôt ?

— Ça me calme.

Clic.

— Tu as besoin de te calmer ? ajouta Neal, mutin, en se tournant lentement vers lui.

Ses mèches sombres, toujours aussi longues, venaient s'ébouriffer sur son front, lui donnant un air encore plus espiègle. Nathan prit un ton de conspirateur pour lui répondre :

— Oui, Neal, j'ai besoin de me calmer, sinon nous allons finir au poste parce que je t'aurai roulé la galoche de ta vie dans ce métro et, vois-tu, je n'ai pas envie de terminer ma nuit au commissariat au fond d'un trou sombre.

Neal retint un ricanement.

— Moi, j'aurais bien envie... commenta-t-il, souriant.

— Envie de quoi ?

— Rien, chuchota le jeune comédien avec une moue moqueuse. J'ai l'esprit mal placé et tu ne choisis pas tes mots judicieusement. Pour un journaliste : bravo.

Nathan prit une seconde de réflexion puis, quand il comprit enfin l'allusion salace, éclata de rire, ce qui réveilla en sursaut un voyageur assis deux banquettes plus loin, qui grogna en se rendormant. Neal fit une grimace à l'attention du pauvre bougre et partit d'un fou rire éclatant et contagieux ; Nathan se surprit à pouffer bêtement lui aussi. Il fallait cette légèreté puérile entre eux ; elle devait crever la bulle de tension, trop intense, trop intime et l'attente presque effrayante de la fin du trajet.

Le métro retrouva l'air libre le temps de passer sur le Manhattan Bridge. Ce gracieux pont de métal enjambait l'East River, sombre langue d'océan, où dansaient les reflets de lumières éparses. Les deux hommes se perdirent un instant dans la contemplation de la ville vers laquelle ils plongeaient. New York était impressionnante, toute hérissée de gratte-ciel noirs sur fond de nuit pâle. Sur le visage de Neal passa une ombre qui disparut immédiatement. Nathan eut juste le temps de la saisir.

Clic.

***

Ils arrivèrent enfin à Canal Street, la station de métro qui desservait le quartier où habitait Nathan. Ses grosses lettres en mosaïques de carrelage terne, son quai quasi désert, les papiers froissés, les canettes vides traînant au sol et la rame qui s'arrêta dans un grincement lugubre : un magnifique décor pour une fresque des bas-fonds.

Nathan et Neal sortirent en trombe, hilares, puis se mirent à courir dans les couloirs comme deux gosses, jouant à celui qui atteindrait la sortie en premier. Nathan, bénéficiant de jambes un peu plus longues et de la connaissance du terrain, prit de l'avance dès le départ. Puis il ralentit, confiant. Mais Neal déboula derrière lui et le devança au dernier moment en sautant par-dessus les tourniquets, devant les regards désapprobateurs d'un couple de voyageurs surpris. Quand Nathan le rattrapa, il ne put s'empêcher de le sermonner :

— Que veux-tu, je rêve de te voir finir au « fond d'un trou », rétorqua l'étudiant, les joues rougies par la course.

Nathan tenta de lui envoyer un regard noir, mais il échoua lamentablement. Neal était la définition même de la séduction irrésistible et adorable. Un genre d'audace mutine, aussi naturelle que troublante. Un démon dans la peau d'un ange.

Ou est-ce l'inverse ? Dans son regard, il y a comme... un trouble...

Dehors, dans la nuit new-yorkaise, le froid était mordant et le vent glacé filait entre les immeubles bas où grimpaient, tels des mille-pattes métalliques sur les façades pelées, les marches des escaliers de secours. Le quartier était dépeuplé, nulle voiture, à peine quelques promeneurs un peu louches ou un peu perdus. Un peu comme eux, en somme. Il était plus de minuit. Les lampes à crémaillère installées au-dessus des perrons des portes ponctuaient les rues de leur faible éclat de lucioles. C'était assez romantique, d'une certaine manière, une ville endormie sous sa couverture décrépie. Ils marchèrent plus calmement, pensifs peut-être, ou anesthésiés par le froid de la fin de l'hiver.

Mais Nathan n'avait pas froid. Il avait les nerfs et le cerveau en ébullition. Leur course, leurs rires avaient attisé son désir, et l'idée de ramener Neal chez lui, dans sa tanière, avait quelque chose d'incroyablement excitant et d'affreusement inquiétant aussi, lui qui ne consommait ses étreintes que furtivement dans les backrooms des clubs interlopes. D'ailleurs, ça faisait des années qu'il n'avait pas baisé dans un lit. Aucun de ses amants d'un soir ne passait sa porte, pas plus qu'il n'allait chez eux. Dans son souci de lui apprendre à se protéger, Richard lui avait rentré dans le crâne que les plans cul, ça ne devait jamais, ô grand jamais, avoir lieu ailleurs que dans un endroit neutre et caché : ruelle, pissotière, fond de salle de cinéma, hôtel miteux. Toujours un peu crade pour bien associer ça avec un moment d'égarement sordide : la seule définition possible d'une étreinte homosexuelle. Et dire que Nathan avait cru pendant presque cinq ans que ce type tenait à lui. S'il le traitait comme son sale petit secret, c'était juste pour lui éviter des problèmes, pour lui enseigner la vie, pour le guider, pour l'endurcir. Tu parles... Dès qu'il avait eu trop de poils sur le menton, Richard l'avait envoyé se faire foutre.

Ils arrivèrent devant son immeuble. Façade de briquettes sombres, encore, comme partout ailleurs, plusieurs marches pour atteindre l'entrée, puis, après la porte en bois, un modeste hall avec un casier à boîtes aux lettres, un escalier et trois paliers avant son étage. Rien d'extraordinaire. Il passa devant pour monter les marches, Neal sur ses talons. Silencieux.

Son appartement, c'était son antre secret, son cabinet d'alchimie, là où était conservée la part la plus intime de lui-même. Ses objets, ses meubles, ses souvenirs donneraient à Neal bien plus d'indices sur sa vie, sur ce qu'il était, que bien des confidences qu'il aurait pu lui faire dans les vapeurs alcoolisées d'une soirée au Remo. L'y faire entrer, c'était ouvrir une fenêtre sur son âme, c'était faire confiance. Nathan faisait rarement confiance aux gens. Rectification : Nathan ne faisait PAS confiance aux gens. Alors, pourquoi avoir voulu ramener ce garçon chez lui ? Pourquoi lui donner la clé de son cœur, à lui, précisément ?

Lâchement sans doute, il ne voulut pas répondre à cette question.

Pas maintenant. Demain, ou après-demain, mais pas maintenant.

Ils arrivèrent au 4e. Nathan était fébrile. Derrière lui, il sentait le regard de Neal rivé sur ses reins et la tension érotique crépiter entre eux, comme rallumée soudain par l'imminence de sa libération. Ils firent le moins de bruit possible en traversant le couloir ; il fallait éviter de réveiller les voisins. Nathan finit par ouvrir sa porte après avoir gauchement hésité avec son trousseau de clés. Pourquoi était-il si anxieux ? À 30 ans, il n'était pourtant plus un poussin de l'année ! Il fit galamment entrer son invité en premier et récupéra un peu d'assurance au passage en endossant son rôle d'hôte. Il alluma le salon, puis ôta son manteau et son écharpe, qu'il posa sur le dossier du fauteuil au coin de la pièce.

— Mets-toi à l'aise, lança-t-il. Je te sers un truc à boire ?

Neal ne lui répondit pas tout de suite, fit deux pas dans l'appartement. Il regardait autour de lui tout en se mordillant les lèvres. Il finit par retirer à son tour sa veste, son écharpe, puis il dénoua sa cravate et posa le tout avec son sac sur une chaise. Enfin, il tourna vers Nathan ses grands yeux expressifs et lui dit avec la plus désarmante spontanéité :

— Je prendrais bien une douche.

Nathan en resta coi. Neal commença à se déshabiller sans attendre sa réponse. Chaussures, chaussettes, ceinture, gilet. Il était en train de déboutonner sa chemise lorsque, devant son air médusé, l'étudiant demanda en souriant :

— Où se trouve ta salle de bains ?

— Euh... c'est cette porte, là, je... je vais te sortir une serviette. J'ai peut-être une brosse à dents en rab quelque part, mais je...

— Tu ne comptes pas m'accompagner ?

— Euh... où ?

Neal pouffa de rire.

— Sous la douche, monsieur Atkins, « m'accompagner *sous la douche* », compléta-t-il, goguenard.

— Bah, je... comme ça ? Là, maintenant ? Oui, non, attends, je ne sais pas si...

En trois pas, Neal vint le rejoindre, lui attrapa le revers de la chemise et l'attira à lui avec fougue.

— Trop de mots inutiles. Un vrai journaliste sait saisir l'instant, non ? Alors, empare-toi de cet instant-là, Nat ! murmura-t-il à un centimètre de son visage, avant de lui happer la bouche pour l'embrasser violemment, forçant sa langue entre ses lèvres laissées entrouvertes par un sursaut de surprise.

C'est là que le cerveau de Nathan eut un court-circuit. Sa main droite agrippa la nuque souple du jeune comédien, qu'il soumit, plia, afin d'approfondir ce baiser qui avait tout d'une conquête. Qui était le conquérant ? Là encore, son inconscient ne voulut pas répondre. En même temps qu'il l'embrassait, et sans la moindre coordination, il tenta de retirer ses chaussures, ses chaussettes, ce qui restait de leurs vêtements tout en les guidant vers la porte de la salle de bains. Ses mains étaient partout, ébouriffant les cheveux sombres de Neal, saisissant ses fesses fermes, le dévorant. Nathan avait envie de tout, tout de suite, ça lui brûlait les veines, ça le rendait dingue. Trois mois à patienter, à se torturer, à se poser des questions tordues et, maintenant, toutes les bonnes raisons d'être sage étaient balayées. C'était trop, trop tard. L'instant était devenu incontrôlable.

Après avoir manqué, dans leur précipitation, de renverser une chaise et de décrocher un cadre, ils atteignirent enfin la petite salle d'eau carrelée et obscure, toujours emmêlés l'un à l'autre, leurs bouches incapables d'être séparées de plus d'un centimètre. Ils avaient réussi à finir pratiquement dévêtus, ne gardant qu'une chemise à demi ouverte pour Neal et un jean béant pour Nathan. Le reste de leurs vêtements avait été semé sur le trajet. À tâtons, Nathan trouva l'interrupteur, mais lorsqu'il l'actionna, la pièce s'éclaira d'un rouge sombre. Dans l'empressement du moment, il en avait oublié son installation de labo photo amateur. Ils allaient devoir s'habituer à la quasi-obscurité, car passer vingt minutes à remettre une autre ampoule et à ranger tous les récipients de produits photosensibles, dans l'état d'excitation où il était, ne lui semblait pas envisageable.

— On se croirait dans un film de la Hammer[53], gloussa Neal. Tu vas me trucider après avoir arraché ma vertu ? ajouta-t-il en finissant d'ouvrir la braguette de Nathan.

Ce dernier émit un grognement particulièrement rauque quand le jeune homme glissa la main dans son pantalon pour saisir son érection. Neal commença aussitôt à le caresser, déraillant davantage encore son esprit, tant qu'il ne parvint même pas à s'offusquer de l'utilisation étonnante du mot « vertu » dans une telle situation. Enivré, il enfouit son nez dans le cou de son partenaire et respira sa peau, qui sentait le froid de l'hiver et la sueur de leur course : qui sentait surtout le désir à assouvir au plus vite ! Il se tortilla pour s'extraire de son jean, tandis que Neal venait de faire tomber au sol sa chemise.

À présent, ils étaient tous les deux nus, haletants, à se regarder avec des yeux écarquillés, figés dans cette seconde une peu effrayante où l'on découvre l'autre pour la première fois. Neal baissa les yeux un instant, soudain gêné, étrangement timide. Il était impossible, avec cette lumière, de savoir s'il rougissait, mais son attitude en donnait l'impression. Il avala sa salive et, après un rapide soupir, il sourit comme pour lui-même et reprit son air déluré. Nathan n'arrivait pas à détacher son regard de cet être offert sans pudeur, de cette vision surréaliste sublimée sous le halo rouge vif de la lumière inactinique. Le corps de Neal était un paysage en contrastes violents : noir du creux de son aine, rouge de l'ovale de ses épaules. Sa peau avait des reflets crus et un grain d'une finesse d'argile vernie.

---

[53] La Hammer : Grande société de production incontournable des années 40 et 50 pour ses films d'épouvantes à base de vampires et de meurtres sanglants ! En 1955, on parle même d'âge d'or de la Hammer tant leurs films connaissent de succès !

Même ses pupilles, d'ordinaire si claires, ressemblaient à deux puits insondables, un regard profond, sombre, lourd, comme le plus fascinant des péchés. C'était comme observer l'océan de nuit.

Cette contemplation en forme de trêve ne dura qu'un instant. Nathan n'eut même pas le temps de réagir lorsqu'il fut soudain plaqué contre le bois sec de la porte de la salle de bains. Neal commença par parcourir sa clavicule de ses lèvres, puis son torse, léchant du bout de la langue la ligne de son pectoral droit et, lentement, lui maintenant toujours les bras fermement, il atteignit l'une de ses aréoles sur laquelle il posa sa bouche. Il en suça avidement le téton et finit par le mordiller. Cette infime douleur lui piqua les sens et Nathan se prit à feuler de plaisir. Neal se baissa encore, s'agenouillant progressivement. Il avait lâché les bras de Nathan pour mieux lui saisir les cuisses ; sous ses paumes roulaient les muscles du photographe et frémissait sa chair. Le jeune homme était à présent à genoux sur le carrelage froid, son visage et, surtout, sa bouche si proches de l'érection de Nathan que son souffle seul parvenait à lui électriser la peau.

Un frisson brûlant remonta le long de sa colonne vertébrale jusqu'à la naissance de son crâne. Il se découvrit à adorer cette volonté dominatrice qui le soumettait au plaisir sans qu'il n'y puisse rien, à savourer ce sentiment d'abandon. Il rendait les armes sans lutte aucune et ça faisait des années qu'il ne s'était pas autorisé cela. Et encore, la forme de soumission humiliante, à laquelle l'avait contraint Richard au cours de la plupart de leurs étreintes, ne ressemblait guère à ce qu'il était en train de vivre. Dans sa tête, le plus grand marasme régnait. Il en fut réduit, faute de mieux, à gémir une demande totalement incohérente, mais que Neal dut deviner, car au bout de trois interminables secondes, l'étudiant ouvrit la bouche et celle-ci, rouge, brillante, humide, vint cueillir son gland qui glissa lascivement entre ses lèvres étirées en un puits obscène et superbe. Nathan poussa un soupir d'abandon et laissa sa tête reposer contre la porte, les yeux clos, incapable de faire autre chose que d'emmêler ses doigts dans les mèches sombres de Neal, qui caressait de sa langue habile l'extrémité de son sexe.

SES LÈVRES ÉTIRÉES EN UN PUITS OBSCÈNE ET SUPERBE...

Après un instant d'hésitation, le jeune homme l'avala plus profondément, comme s'il se faisait un défi de forcer sa gorge à l'accueillir tout entier, et le bout de son nez finit à demi enfoui dans la toison de son bas-ventre. Il continuait de maintenir ses cuisses, l'empêchant de bouger, lui imposant son rythme quand, de la tête, il entreprit de le faire jouir par ce seul mouvement de va-et-vient et par l'incroyable douceur de ses lèvres.

C'était bon de se faire ainsi sucer debout, contre la porte de sa propre salle de bains, sans la peur d'être ramassé dans une descente de flics, se dit Nathan entre deux grognements de plaisir.

C'était si bon qu'il ne put s'empêcher de crisper ses doigts dans les cheveux de Neal lorsque la cadence charnelle commandée par celui-ci s'accéléra soudain. La tête commençait à lui tourner et son cœur battait si fort que toute sa poitrine résonnait au même rythme. Son amant avait une technique relativement maladroite, mais qu'il compensait par un enthousiasme indéniable. L'orgasme était à deux pas, à deux secondes et à la moitié d'un gémissement lorsque Nathan reprit suffisamment de présence d'esprit pour repousser Neal avant de risquer de se déverser dans sa gorge. L'opération ne fut pas un succès total et il ne put que constater, les genoux tremblants et l'esprit passablement groggy, que le jeune homme, les yeux ronds comme des billes, avait la bouche, une joue et les cheveux en partie maculés de sperme. Un silence gêné s'invita dans la petite pièce.

Neal porta ses doigts à ses propres lèvres, il semblait un peu sonné. Avec sa bouche humide, ses cheveux ébouriffés et ses grands yeux innocents voilés de désir, il ressemblait à un étudiant de St John[54] venant d'être défloré par un routier au fond d'un parking. Cette vision avait un air de décadence languide tout en étant d'une pureté à vous couper le souffle. Nathan l'aida à se relever, le cœur noué, soudain. Encore ivre d'extase, il voyait son jeune amant à travers un intense flot d'émotions exaltées et contradictoires. Il se surprit à vouloir garder pour lui seul, à l'abri du monde et de ses salissures, cet être si sensuel, si inspirant, ce chef-d'œuvre de complexité fait d'innocence et d'arrogance. C'était bizarre de cogiter sur l'inspiration, l'art, après un acte d'une telle trivialité. Ce n'était pas ce à quoi il pensait d'ordinaire après avoir joui, si tant est qu'il pense à quelque chose dans ces moments-là. Richard lui avait suffisamment répété que le sexe était un acte égoïste, un pouvoir exigé par celui qui prend son plaisir, rien d'autre.

Rien d'autre... Nathan se sentit, inexplicablement, pris de scrupules.

— Je... Je suis... désolé, s'excusa-t-il piteusement en tentant d'essuyer le gros de sa maladresse du revers de la main.

Le résultat de cette prévenance tardive était médiocre, au mieux.

— Hum, d'où l'idée de la douche, le taquina Neal, repoussant sa main en riant, avant d'ajouter, la voix râpeuse.

---

54 St. John's University : fondée en 1865, la plus grande université religieuse de New York a pris son nom de St John tout court en... 1954.

Tu auras noté mon sens de la stratégie : on se salit d'abord et après on est obligés de se doucher !

— C'est machiavélique... admit Nathan en souriant, vaguement rassuré par le ton léger du jeune comédien.

Il prit cette bonne humeur pour une invitation à continuer leurs ébats et les ombres désertèrent opportunément son esprit. Le saisissant par la taille, il l'entraîna dans la minuscule cabine de douche[55] où on ne pouvait tenir à deux qu'en étant étroitement enlacés. Une fois tous les deux logés dedans, il tira sur le cordon de l'eau et un jet froid leur tomba immédiatement sur les épaules. Les deux hommes sursautèrent. Neal se blottit contre lui pour se protéger, en riant, de la pluie glaciale. Nathan lui saisit la chair des fesses et, le soulevant à demi, lui plaqua le dos contre les dalles de carrelage tout aussi gelées, lui arrachant un cri de surprise. Le corps souple de Neal s'arqua contre lui pour fuir le froid, mais il le maintint fermement contre le mur, le sentant lutter, frémir et rendre les armes, finalement vaincu autant que consentant. Il l'enlaça tout en lui embrassant le cou, lui goûtant la peau, revenant goulûment à la ligne de sa mâchoire crispée par le duel de sensations qu'il expérimentait.

Prisonnier entre le chaud de leur étreinte et le froid de l'eau et du carrelage, Neal avait la peau parcourue de frissons ; à bout de patience, il cherchait la moindre friction pour se libérer lui aussi d'une intense érection. Il gémit longuement lorsque Nathan vint glisser sa cuisse entre ses jambes écartées, comprimant sa hampe entre eux deux et le masturbant ainsi indirectement. Neal lui agrippa les épaules et se hissa davantage sur sa jambe, chassant son extase avec obstination. Il avait niché son visage au creux

---

[55] Si à Paris les salles de bains vont mettre encore près de quinze ans à se répandre dans les foyers modestes, à New York, la plupart des appartements en sont équipés, à tel point que les bains publics, véritables institutions au début du siècle, sont en passe d'avoir tous fermé (il n'en reste que trois en fonctionnement en 1950).

du cou de Nathan et sa voix s'étranglait entre chacun de ses gémissements.

Nathan se délectait de le sentir si totalement offert, étourdi de plaisir. L'eau s'était réchauffée, elle lui fouettait le dos agréablement. Il se laissait peu à peu habiter par le bouillonnement sensuel qui crépitait à nouveau sous son épiderme, le désir en venant à lui grignoter chaque parcelle de raison, le rendant plus audacieux, moins prévenant. Il voulait cette reddition, il avait impérieusement besoin de le posséder, de se perdre en lui.

— J'ai envie de toi, d'être en toi… finit-il par ronronner à l'oreille de son amant. Dis-moi que je le peux, dis-moi que tu en as envie, supplia-t-il tout en enroulant ses doigts autour du sexe dur et impatient de Neal.

Il le masturba plus fermement, profitant de ce que la chair tendue glissait aisément dans sa main trempée d'eau. Un instant plus tard, il le sentit tressaillir dans sa paume et jouir, enfin, dans un sursaut qui les éclaboussa tous deux, avant que l'eau qui ruisselait sur leurs corps enlacés en efface aussitôt les traces.

NEW YORK, 1954

Ouverture

L'OUVERTURE DÉSIGNE LE RÉGLAGE DU DIAPHRAGME DE L'OBJECTIF. ON PEUT OUVRIR ET FERMER LE DIAPHRAGME AFIN DE FAIRE ENTRER PLUS OU MOINS DE QUANTITÉ DE LUMIÈRE POUR FAIRE SA PHOTO.

Le clapotis des gouttes, l'écho de leurs souffles haletants et rien d'autre. Tout s'était figé après cet orgasme libérateur, et Nathan crut que sa supplique s'était perdue dans l'intensité de l'extase de son amant. Mais les mots et son désir flottaient encore entre eux deux, sa question restant suspendue sur le fil de leurs respirations.

Neal ouvrit les yeux. Ils avaient l'éclat de l'eau. Les prunelles du jeune comédien étaient comme deux lanternes couvertes de pluie, une belle limpidité pleine d'incertitude. Son regard troublé sembla chercher un instant quelque chose dans les yeux de Nathan. Un espoir, une confirmation ? Il n'aurait pas su le dire. C'en était déconcertant et il se prit à l'étreindre plus tendrement, ému soudain devant cet être à la fragilité discrète qui semblait se donner morceau par morceau. Il l'avait vu découvrir un peu de son âme à chaque caresse, s'offrir avec défi comme autant de prises de risque calculées en sachant bien qu'il abandonnait à chaque fois les infimes éclats de sa carapace au passage. Et jusqu'à cet éclair de plaisir nu que Neal venait de lui livrer, qui avait été, pour Nathan, un instant aussi bouleversant qu'insaisissable. Une image rare fixée à présent dans sa mémoire, faute de pouvoir l'être sur la pellicule. C'était loin, très loin de ses souvenirs de baises anonymes, aussi vite oubliées. C'était si près d'être autre chose.

Cette soirée, leur étreinte, leurs deux êtres entiers oscillaient sans cesse entre les embrasements de la passion et la tendresse profonde. Attiré, repoussé, soumis à un magnétisme changeant, ballotté entre deux pôles : l'un glacial, l'autre brûlant ; Nathan en avait fini par admettre qu'il ne maîtrisait absolument rien dans cette danse au-dessus du vide où l'entraînait le jeune comédien.

Soudain, comme s'il avait pu lire dans ses pensées, Neal l'embrassa. Presque en apnée, le visage inondé d'eau, les cheveux dégoulinant sur son front et sa bouche cherchant la sienne compulsivement, comme pour y puiser sa respiration : on aurait dit qu'il voulait se noyer en lui. C'était un élan impétueux, de ceux que Nathan ne savait pas refuser. Il y perdit une fois de plus le fil de ses réflexions. À tel point que, lorsque leurs lèvres se séparèrent un instant et que Neal lui murmura : « Bien sûr que j'en ai envie », il eut besoin de quatre bonnes secondes pour comprendre de quoi il était question. Il en poussa un profond soupir de soulagement, qui lui vint du fond de son inconscient. Toute volonté d'apaisement était balayée de nouveau ; la passion, avide, était redevenue maîtresse de sa raison. Nathan lui rendit son baiser, fougueusement, enroulant sa langue autour de la sienne et reprenant possession de cette bouche qu'il n'en finissait pas de trouver délicieuse.

Après de longues secondes, Neal mit fin à leur baiser pour mieux se retourner. Il ne quitta pas le cercle de ses bras et son dos vint se glisser, sensuel, contre sa poitrine, lui offrant de goûter la peau douce de sa nuque où glissaient des cascades de gouttes d'eau. Nathan pouvait sentir avec délectation son érection venir se nicher au creux des reins ruisselants du jeune comédien.

De ses mains, il parcourut un instant ces flancs, ces cuisses, et prit le temps, malgré son impatience, d'apprécier cette silhouette délicieusement mâle, bien que nettement plus frêle que la sienne, qui se lovait si bien tout contre lui. Leurs deux corps formaient une harmonie parfaite.

— Tu es incroyablement bandant, ne put-il s'empêcher de commenter, et Neal étouffa un rire qui se transforma en soupir lorsque Nathan lui caressa doucement les bourses tout en insinuant ses longs doigts entre les globes de ses fesses.

Il le sentit fondre de plaisir dans ses bras et profita de cet abandon confiant pour venir effleurer son intimité. Le jeune homme eut un sursaut, que Nathan attribua un peu vite à de l'excitation mal contenue. Il n'attendit pas pour envahir l'anneau de chair étroite, si étroite qu'il parvint à peine, ou si peu, à en dépasser l'entrée du bout d'un doigt. Cette résistance ? Cela le figea. Le corps ne savait pas mentir, à croire qu'il n'avait jamais était visité de cette façon.

Mais Neal lui attrapa la main et lui enjoignit de reprendre son exploration, accompagnant même son geste en forçant avec lui la barrière de muscles. Il tremblait comme une feuille. Nathan n'osait pas interrompre cet élan fébrile et leurs doigts joints pénétrèrent enfin l'intimité obstinément défendue.

Le jeune comédien ravala un grognement plaintif. La tête appuyée contre le mur, les yeux clos et la mâchoire crispée, il avait le front barré d'une ligne de concentration douloureuse, de celles qui avouent l'effort, l'entêtement et l'inexpérience. Mais Nathan ne la vit pas tant l'ivresse dominait ses sens. Il mordillait la nuque de Neal, son épaule, et se laissait gagner de nouveau par l'excitation dure et brûlante qui naissait résolument entre ses cuisses.

L'eau commençait à s'attiédir lorsqu'à force de patience, de caresses et de baisers, le corps de Neal finit par s'offrir pleinement, s'ouvrant suffisamment pour accepter trois de ses doigts. Nathan était presque tenté de le prendre là, dans ce minuscule espace où ils se tenaient engoncés. Il n'aurait eu qu'à lui cambrer les reins davantage puis à le pénétrer ainsi, ardemment, contre le carrelage froid de la douche. Leurs deux corps étaient si étroitement mêlés que la fraîcheur de l'eau ne parvenait déjà plus à atténuer le bouillonnement de son désir. Il en avait tellement envie. Il n'avait qu'à saisir l'instant.

Soudain, Neal frissonna et, avant que Nathan n'ait eu le temps de réagir, l'étudiant se libéra avec agilité de ses bras. Sans un mot, il sortit de la douche. Nathan, ne prenant même pas la peine de se sécher, le suivit dans le salon. Ils se retrouvèrent nus et trempés au milieu de la pièce, grelottants et dégoulinants tous les deux sur le parquet sec. Nathan resta plusieurs secondes fasciné devant la gracile silhouette habillée de muscles nerveux qu'il découvrait enfin. Neal était devant lui, à moins de quatre pas, les yeux tournés pensivement vers la fenêtre ouverte sur les contrastes de la ville qui ne dormait jamais[56].

L'effet était saisissant.

Sans le voile biaisant de la lumière rouge, sa peau était d'un beau blanc de neige. Quelques grains de beauté très sombres cascadaient depuis ses épaules jusqu'à la naissance de ses fesses, comme autant d'indices d'une innocence décorée de sensualité. La pointe de ses tétons accrochait l'éclat de la lampe restée allumée dans l'angle de la pièce. Et sa poitrine se soulevait par saccades ; haletante, anxieuse.

---

[56] « La ville qui ne dort jamais », c'est historiquement New York (tout comme « la Ville Lumière », c'est Paris). On retrouve cette métaphore dans nombre de chansons et notamment celle de Frank Sinatra, mais c'est aussi le titre d'un film noir sorti en 1953 : *The City That Never Sleeps*, de John H. Auer.

Dire qu'il était désirable était un euphémisme.

Un instant, le photographe eut l'idée de fixer sur la pellicule cette superbe vision. Mais il aurait fallu qu'il trouve son appareil, qu'il interrompe ce moment d'un érotisme irréel. Impossible.

Au lieu de ça, lui prenant la main pour le tirer de ses pensées, il le guida vers le vieux canapé du salon. Il s'y assit lui-même confortablement, le dos calé contre les coussins défraîchis qui ne s'offusqueraient pas de ce énième outrage. Il attira Neal à lui, le faisant basculer jusqu'à ce qu'il soit à califourchon sur ses cuisses, ses bras blancs venant par réflexe se nouer autour de son cou.

Dieu qu'il était beau, avec ses grands yeux clairs qui plongeaient en lui comme pour y débusquer son âme ! Il en était même intimidant. Nathan se sentit rougir sous l'intensité du regard qui lui fouillait le cœur. Il tendit le cou pour atteindre sa bouche et batailla un instant dans un baiser profond où il finit par se soumettre en accueillant entre ses lèvres la langue aventureuse de son amant. Mais à quoi bon ce duel, puisque le choix de cette position, où Neal le dominait, était l'aveu de son besoin de se faire pardonner ? Le pardon pour une étrange culpabilité. Nathan ne pouvait s'empêcher, inexplicablement, de s'en vouloir pour l'impatience dont il avait fait preuve sous la douche. Coupable de cette hâte trop présente et de toutes ces semaines à tergiverser. Il ressentait le besoin de ne pas lui imposer quoi que ce soit, de le laisser décider du rythme. Une intuition entêtante lui disait que l'enjeu de cette nuit était plus important qu'un simple défoulement de pulsions contraintes par des semaines d'attente.

Des perles de sueur remplaçaient déjà l'eau de la douche sur la peau frémissante de Neal et, lascivement, elles coulaient le long de son échine cambrée en un arc souple. Les doigts de Nathan suivirent patiemment les gouttes impudiques jusqu'au bas des reins et il finit par saisir sa croupe à pleines mains pour le coller brusquement contre lui. Leurs peaux humides claquèrent dans un bruit obscène. Neal émit un grondement rauque et l'enlaça plus étroitement. Il l'embrassa de nouveau, possessif, tandis que Nathan entreprenait de tourmenter du bout des doigts la porte de son intimité. Il sentait que leurs ardeurs étaient tout aussi impatientes l'une que l'autre, et Nathan se reprenait à vouloir se fondre en lui. La patience désertait inexorablement son esprit et son érection contrainte contre les fesses fermes de son partenaire lui hurlait la délivrance à venir. Il voulait, il avait besoin de...

Mais Neal lui mordit la lèvre inférieure lorsqu'il voulut s'aventurer plus loin et le repoussa doucement.

— Attends, attends... Tu n'as pas... quelque chose pour... tu sais...

Nathan s'interrompit, un peu confus.

— Quelque ch... oui, oui, bien sûr, pardon, balbutia-t-il.

Encore une fois, il était pris à ne pas faire preuve de beaucoup de prévenance. À sa décharge, ses émotions faisaient régner le chaos le plus total dans son esprit, d'habitude mieux ordonné. Il s'étira et se contorsionna pour parvenir à s'emparer du tube de vaseline[57] qui traînait depuis deux mois sur sa table basse – une aide utile à ses trop régulières séances de masturbation crépusculaires. Neal s'écarta pour lui laisser la place de s'enduire généreusement la verge de lubrifiant, dont le contact froid arracha à Nathan une grimace d'inconfort. Toujours perché sur ses cuisses, son jeune amant le regardait faire avec fascination.

— Tu es... impressionnant, souffla-t-il en avalant sa salive.

Il se passa frénétiquement la langue sur les lèvres. Il

---

[57] La vaseline, inventée en 1872 par un Américain, reste, dans les années 1950, LE lubrifiant que tout le monde a chez soi pour plein de raisons et, oui, ça existe déjà en tube !

semblait très nerveux à présent. Nathan interrompit son geste. C'était un compliment ou...?

— Merci... euh... Tu es sûr de vouloir continuer ? demanda-t-il, fébrile, tout en priant tous les dieux du ciel et des enfers pour que la réponse ne soit pas « non ».

Le froid et le chaud. Entre eux, c'était toujours ce même balancement, depuis le début, entre méfiance et attirance. Et ce n'était pas très bon pour les nerfs.

Sans un mot, Neal lui prit le tube des mains et vida ce qu'il restait de son contenu sur deux de ses doigts. Il se releva, les deux genoux campés dans les coussins mous du canapé, une main appuyée sur l'épaule de Nathan pour ne pas perdre l'équilibre, alors que de l'autre il entreprit en aveugle de se préparer à l'accueillir en lui. Le visage crispé par la concentration, il inspirait de grandes goulées d'air lentes, comme s'il cherchait à se calmer avant de sauter depuis le haut de l'Empire State Building.

Nathan suivit des yeux les lignes de son torse et de ses abdominaux qui roulaient à chaque nouvelle respiration. Quelle composition surréaliste il faisait, vu ainsi en contre-plongée. Les contrastes de son corps, sa peau moite et brillante, son aine ombrée d'une toison de poils sombres. La tension de ses muscles palpitants sous l'effort et la torsion de son bras qui fouillait, derrière lui, le creux de ses reins. Il était une image à inspirer Man Ray[58], si le génie du noir et blanc avait eu le goût des nus masculins. Mais les pensées artistiques ne firent pas long feu dans son esprit de photographe. Ainsi dressé face à lui, le sexe bandé du jeune comédien se trouvait à la hauteur de ses lèvres et Nathan ne put s'empêcher, mi-curieux, mi-gourmand, d'en suivre

---

58 Man Ray est le photographe des surréalistes, il vécut quelques années sur la côte Ouest des États-Unis. La plupart de ses photographies les plus célèbres ont été réalisées dans les années 20-30. Ses nus les plus connus sont très sages et gracieux. Si vous avez le temps, je vous conseille de regarder du côté de ses œuvres un peu plus « tangentes » qui abordent l'esthétique du bondage et SM (comme le *Nu attaché* de 1930 ou la série des *Nus aux bandelettes*).

la hampe de la langue. Il y goûta la saveur de son plaisir, un instant seulement, car Neal lui saisit immédiatement la gorge et le plaqua contre le dossier du canapé.

— Arrête, gronda-t-il.
— Pourquoi ? hoqueta Nathan, le souffle coupé.
— Tu me déconcentres.
— Et toi, tu me rends dingue, rétorqua-t-il en lui agrippant les hanches.

Et c'était vrai ! Il n'en pouvait plus d'attendre. Neal soutint son regard plusieurs longues secondes, puis baissa les yeux sur la preuve indéniable de l'impatience de son partenaire.

— OK, finit-il par concéder.

D'un geste gracieusement timide, il enroula ses doigts autour de l'érection de Nathan et la guida vers l'étroit couloir de sa chair. Le gland en testa l'entrée, glissant d'abord aux bords du cercle de muscles, puis, tout le corps tremblant sous l'effort, Neal vint s'empaler lentement, très lentement, sur le membre tendu. Nathan bascula la tête en arrière et laissa échapper un râle profond. Il était en train de vivre une expérience incroyable, quasi tantrique, qui dépassait en intensité tout ce qu'il avait connu jusqu'à présent et de loin. Il aurait voulu accompagner ce mouvement par des caresses et des flatteries, mais il était incapable de la moindre pensée cohérente. Dans son esprit, il n'y avait que la sensation exquise de l'étau de velours qui enserrait sa hampe et la chaleur incendiaire qui l'emplissait tout entier.

Centimètre par centimètre, Nathan glissa en lui, si dur dans la douce étreinte, pour finalement s'enfouir jusqu'à la garde. Il crispa ses doigts sur la taille fragile de l'étudiant, avec une force qui laisserait sûrement des marques visibles au lendemain. C'était presque trop bon.

Avant qu'il n'ait eu le temps d'ouvrir les yeux ou d'amorcer un mouvement, Neal noua ses bras autour de son cou et enfouit son visage dans le creux de son épaule.

— Attends encore une seconde, d'accord ? murmura-t-il d'une voix étranglée.

Nathan sentait le cœur de son amant battre à grands coups contre sa poitrine et son souffle s'y heurter comme s'il venait de finir un marathon. Il n'y avait aucun autre bruit dans l'appartement. Dehors, malgré la nuit, il entendait bruisser la ville. L'effervescence perpétuelle de la cité faisant écho au bouillonnement de leur sang. Silence et chaos.

Une minute s'écoula, pleine d'émotions tues. Puis, brisant le calme fragile, Neal se redressa et, dans un soupir, amorça un mouvement pour se relever, Nathan l'accompagna d'une caresse possessive, les paumes glissant le long de sa taille pour l'aider autant que pour le guider. Après un long instant suspendu au-dessus du vide, Neal vint une fois de plus offrir sa chair étroite à son désir. Ils poussèrent tous deux un gémissement lorsque son érection sembla pénétrer plus profondément encore.

Cette fois, il n'y eut pas de répit, Neal se hissa immédiatement pour mieux venir abattre plus vivement son bassin sur la hampe dure et brûlante. Son visage passa enfin d'une douloureuse crispation à un abandon fiévreux. Nathan saisit alors ses hanches et impulsa à son tour une houle ferme, ample, le soulevant même pour mieux le posséder. Neal creusa ses reins et se cambra, courbes aux lignes vives, masculines et gracieuses, muscles bandés et abandonnés tour à tour. Toute sa complexité surgissait à présent, au milieu de cet état de pure nudité. Ensemble, ils trouvèrent un rythme entre chaos et mesure, leurs deux corps s'attirant et se libérant dans un élan passionné, intense, inévitable.

Les yeux toujours clos, le corps docile et souple entre les mains de Nathan, Neal semblait écouter en lui-même les sensations auxquelles le soumettait son partenaire, se laissant guider après avoir été si entreprenant au commencement de leur étreinte. L'image de cet être insolent de beauté, qui abdiquait son pouvoir pour mieux profiter de celui d'un autre, était incroyablement tentatrice. Cela poussa violemment les instincts de Nathan contre les fragiles barrières de sa raison. Il le prit plus fort, dans un grognement rauque, animal. Il déversait enfin sa passion, emmêlant ses doigts dans les mèches sombres, agrippant les cuisses blanches de son amant pour mieux plonger en lui. Plus vif, plus loin, Nathan venait se planter dans la chair offerte avec obstination, à la recherche de la rupture, du si secret point de plaisir qui forcerait son amant à l'extase. Il soumit leurs corps à cette seule quête.

Enfin, un cri, les mains de Neal qui se crispèrent sur ses épaules à lui faire mal, tous ses muscles qui se tendirent comme sous l'effet d'une décharge électrique : Nathan sut qu'il l'avait trouvé. Il n'eut de cesse alors que de l'atteindre encore et encore, de sentir Neal frémir, se déchirer, être entraîné à sa suite dans cette spirale sans fin, cette ivresse superbe où lui-même sombrait déjà.

Soudain, sans qu'il ait pu s'y préparer, un flash passa sur la rétine du photographe, un ultime élan lui fit perdre pied, et dans un spasme de délivrance l'orgasme le happa brutalement. Plusieurs secondes s'écoulèrent durant lesquelles son esprit flotta dans un état d'apaisement irréel. Quelques minutes plus tard, la nuit de son appartement et de la ville, la fraîcheur de son salon sur leurs peaux humides de sueur, le bruit de leurs souffles épuisés le firent revenir à la réalité. Il rouvrit les yeux et relâcha son étreinte. Il n'avait jamais connu pareille chute.

Je viens de faire l'amour, je viens de lui *faire l'amour,* s'avoua-t-il intérieurement.

Dans ses bras, Neal reprit lui aussi ses esprits. Son

ventre était couvert de semence brillante et chaude. Ils avaient joui tous les deux, presque simultanément. Le visage du jeune homme se crispa lorsqu'il se libéra de leur union lasse d'un léger mouvement du bassin. Cependant, il ne se leva pas immédiatement pour laver les traces de leurs plaisirs. Non, il tourna simplement vers Nathan des yeux si grands qu'il aurait été facile de s'y noyer. Des yeux gorgés d'innocence et d'une émotion indéfinissable. Son cœur fit une violente embardée.

— C'était ta première fois, constata Nathan, la voix lourde de culpabilité.

Ce n'était même plus une question, ce n'était que la révélation à haute voix de l'évidence. Il venait de comprendre ce que son instinct lui hurlait depuis plusieurs heures. Neal émit un petit soupir gêné, caché dans un sourire, et baissa les yeux.

Oh merde, quel abruti je fais ! se flagella immédiatement Nathan.

Il ne pouvait s'empêcher de repenser à sa propre première fois avec Richard, une expérience à base de manipulation sentimentale et de douleur dissimulée derrière un apprentissage de la virilité. Le pouvoir d'un tuteur charismatique sur l'esprit d'un jeune rebelle à la recherche d'un mentor. Quand on voyait ce qu'avait donné pour lui pareil enseignement de la sexualité ! Il était devenu une boule de nerfs à vif et de paranoïa mal placée. Il espérait de tout son cœur que Neal ne serait pas entraîné vers les mêmes penchants, il y avait une si belle lumière dans ses yeux et il avait…

Neal posa ses deux paumes ouvertes sur ses joues et l'embrassa, un baiser infiniment tendre, une tentative adorable pour contrer la culpabilité qui revenait lui grignoter l'âme.

— Pourquoi ne me l'as-tu pas dit ? J'aurais été moins…

moins... bredouilla Nathan.

— Passionné ? suggéra Neal, un peu taquin, malgré l'embarras de Nathan.

Ce dernier grimaça au choix du doux euphémisme.

— Oui, plus tendre, plus doux, plus...

— Plus quoi ?

— Plus aimant, finit par admettre Nathan dans un murmure, soulagé, autant que surpris, d'avoir libéré à demi ses sentiments.

Mais Neal n'eut pas, comme à son habitude, la réaction qu'il aurait pu espérer ou même imaginer. Son regard marqua un certain désappointement.

— Nathan, ce n'est pas ça entre nous. Ce n'est pas tendre, ni doux, ni... aimant, soupira-t-il doucement.

— Pourquoi ! rétorqua l'intéressé d'un ton acerbe et la gorge nouée.

Sa réaction pouvait avoir l'air absurde, mais ce tout nouveau sentiment, qu'il s'était autorisé à admettre depuis moins d'une minute, il voulait maintenant le défendre farouchement !

— Parce que ce n'est pas ça que tu recherches, commença Neal, de plus en plus sur la défensive.

— Qu'est-ce que tu crois que je recherche ? l'interrompit Nathan.

Ses doigts se crispèrent sur les cuisses blanches de celui qui se tenait encore assis dans son giron, et certainement plus pour très longtemps s'il continuait ainsi à se comporter comme un mufle. Neal se redressa et le toisa un instant avant de répondre :

— Tu recherches un modèle, l'inspiration, une excitation artistique... ce genre de choses...

Il n'avait pas dit « un coup d'une nuit » ou « une bonne baise ». Il n'avait pas accusé Nathan de l'avoir utilisé pour défouler ses instincts de prédateur tordu ou de l'avoir dévoyé avec ses goûts contre nature ; la corruption sournoise de la saine jeunesse américaine. Toute la propagande qu'on leur servait à longueur de journée dans les médias, tout ce que Richard lui avait appris et montré. Non, Neal lui parlait seulement d'art, de l'égoïsme de l'artiste et de la solitude du modèle. Il avait tout compris, bien sûr, d'instinct, en une nuit. L'esprit de ce jeune homme était une fascinante mécanique nourrie de tendresse, de tolérance et de compassion. Nathan lui sourit, penaud d'avoir été si méfiant, ému devant tant de subtile intelligence. D'où lui venait cette merveilleuse sensibilité, ce talent pour le percer à jour et lui agripper le cœur ? Neal était son petit miracle, son inspiration parfaite.

— Au journal, Moses a dit que tu étais ma muse, et c'est tellement vrai, confessa soudain Nathan.

— Arrête, c'est ridicule, tenta de l'interrompre Neal.

Mais Nathan avait le cœur béant et les mots jaillissaient à présent de lui sans censure :

— Il a raison ! Tu as transformé ma manière de voir. Depuis que je te connais, j'ai les yeux ouverts ! C'est incroyable ce que tu as libéré en moi !

— Je n'ai rien fait, tu as du talent, tu en as toujours eu, je n'y suis pour rien et tu...

Nathan l'embrassa, autant pour l'empêcher de continuer que par exaltation. Il n'interrompit ce baiser que pour ajouter :

— Non, c'est grâce toi ; le jour où je t'ai vu, toi, en plongeant dans tes yeux, j'ai appris à voir et, ce miracle-là, tu crois que ce n'est pas compatible avec l'amour ?

Neal marqua une pause, longue, avant de lui répondre. Le mot « amour » venait de débouler entre eux avec fracas et les prunelles de l'étudiant étaient brillantes d'émotion.

— Je ne sais pas, ça l'est peut-être, non ? finit-il par demander, semblant soudain bien plus jeune que ses 23 ans.

Nathan préféra se montrer franc, il avait besoin

d'exprimer ses sentiments, sa pudeur de mâle renfrogné n'avait plus mot à dire dans un moment pareil :

— Je veux croire que non. Tu m'inspires et je t'aime, il n'y a rien d'antagoniste, déclara-t-il avec chaleur.

Neal avala sa salive. Son regard clair était empli de mille questions.

— Tu m'aimes ? Vraiment ? ne sut-il que naïvement demander.

Nathan n'eut pas à réfléchir longtemps pour répondre :

— Oui ! Et toi ? renvoya-t-il, enivré.

Neal soupira en se passant la main dans les cheveux et tenta une réponse hasardeuse :

— Moi je… je n'en sais rien. Tu es mon premier mec, enfin, amant, je veux dire. J'ai eu des petites amies avant toi et je croyais que… Il y a bien eu des… trucs un peu, trois fois rien… avec des potes à la fac, mais je pensais que… Bon sang, ce n'est pas comme si… tout ça, c'est… Je suis légèrement perdu, pour tout te dire, finit-il par admettre piteusement en gigotant dans le giron de Nathan.

Cela ne fit rien pour refroidir son euphorie et il déclara avec enthousiasme :

— Alors, je t'attendrai ! Je ne suis plus à quelques jours près et tu finiras bien par tomber amoureux de moi, ce n'est qu'une question d'arguments valables et d'une partie ou deux d'échecs ! conclut-il en lui volant un baiser sonore.

Neal étouffa un rire lorsque Nathan le souleva pour mieux le renverser sur le canapé. Il ne pesait rien, une vraie brindille, à croire qu'il s'affamait. Nathan se promit de demander à sa grand-mère des astuces pour tenter de le remplumer.

— Monsieur Atkins, vous voudriez me faire tomber dans le vice et l'illégalité sur la base d'une simple partie d'échecs ? minauda Neal en se tortillant pour esquiver les mains, trop baladeuses pour être innocentes, du

photographe.
    Nathan lui mordilla le cou tout en faisant courir ses doigts le long des cuisses nues du jeune comédien. Il prit un ton sépulcral de pacotille pour lui répondre :
    — Non, mon garçon, je compte vous corrompre par une machination infâme !
    Neal se tortilla de plus belle : Nathan venait de lui chatouiller les côtes. L'étudiant pouffa de rire en tentant de le repousser d'une main tout en lui susurrant à l'oreille :
    — « Infâme » ? Dites-m'en plus, vous m'intéressez.
    Nathan lui sourit de toutes ses dents et commença à déposer des baisers humides sur ses tétons, son nombril, ses hanches...
    — Eh bien, d'abord une nouvelle douche chaude pour vous laver de vos péchés, puis un irish coffee maison pour endormir votre confiance et le reste de la nuit sous de douillettes couvertures dans un lit moelleux, énuméra-t-il entre chaque baiser.
    Neal étouffa un gémissement lorsqu'il sentit la caresse atteindre enfin son sexe. Il eut dès lors toutes les peines du monde à garder le fil de la conversation.
    — Très bien, mais je ne... saisis pas vraiment... où... se situe l'infamie dans cette... machination... céda-t-il, un peu essoufflé.
    Nathan venait de suivre de sa langue la veine palpitante le long de son sexe en remontant lentement jusqu'à l'extrémité. Il releva les yeux, le visage rayonnant et espiègle.
    — Je vais également passer la nuit sous les douillettes couvertures de ce fameux lit moelleux et, du coup, je ne vous garantis pas que vous dormirez, précisa-t-il en contenant un rire à la vue de son amant échevelé et haletant après seulement quelques caresses.
    Tandis qu'il se baissait pour continuer ses tendresses,

il entendit Neal lui souffler en souriant :
— Dormir ? Je n'y comptais pas.

NEW YORK, 1954

Obturateur

L'OBTURATEUR EST UNE PIÈCE MÉCANIQUE PLACÉE ENTRE L'OBJECTIF ET LE CAPTEUR PERMETTANT DE FAIRE VARIER LE TEMPS DE POSE OU LA VITESSE D'OBTURATION, ET DONC LA DURÉE D'EXPOSITION.

C'est un frisson qui le réveilla.

Un petit souffle frisquet qui lui avait parcouru l'échine et hérissé les poils. Le papier journal roulé, comblant approximativement le joint de sa fenêtre de chambre bringuebalante, ne réussissait pas à stopper le léger courant d'air froid qui passait par là. Il faudrait, un de ces quatre, qu'il change tout le chambranle de bois. Nathan grogna et s'obstina à garder les yeux clos. Le sommeil était si bon, si confortable. Il frissonna de nouveau et prit conscience qu'il dormait en diagonale en plein milieu du lit, le duvet à demi roulé dans les bras et une jambe emmêlée dans le drap. Il avait le dos nu. Ah, et le reste du corps aussi, d'ailleurs. Quelle idée de dormir à poil en plein mois de mars.

Tu vas attraper la mort, Nathanaël, lui aurait dit sa grand-mère.

Mais ce n'était pas exactement le moment de penser à Mamie Liz. Il poussa un soupir et se décida à ouvrir les yeux.

Autour de lui, les murs de sa chambre lui faisaient de

NEW YORK, 1954

l'œil. Des portraits, des silhouettes, des perspectives, murs blancs couverts d'enchevêtrements de tirages photo, visages et rues, buildings, ambiances, immobilité fascinante de ce New York infesté de vie et de vide saisie par les maîtres de la photographie. Evans, Frank, Capa... Un jour, son nom entrerait dans la liste, il y croyait maintenant. Il y croyait parce que quelque chose avait changé. Ce n'était pas la chambre, ce n'était pas les murs. Ce n'était pas la ville, et les jours, et le printemps qui frappait aux carreaux. Non, c'était en lui. C'était lui. Ce sentiment diffus et pourtant aussi concret que la lumière qui passait, franche, par la fenêtre aux volets ouverts.

Nathan était heureux. Oui, heureux, c'était bien ça cette impression chaude comme une couverture douce qui lui enveloppait l'esprit, le cœur et tout le corps. Il avait l'impression de flotter, d'être gorgé d'espoir, de croire en l'avenir, de croire en son talent.

Il s'étira. Les draps et le duvet glissèrent sur sa peau nue. Ses muscles se détendirent encore davantage. Il laissa échapper un long grognement de contentement. Au creux de ses reins restait encore discrètement présente la gêne délicieuse des lendemains d'étreintes passionnées. Le grand lit était un champ de ruines et il trônait, lui, étalé, en plein milieu. Le roi de New York. Le plus heureux des hommes.

Ah ça, oui, il était heureux ! Quelle nuit il venait de passer ! Cela avait été : doux, caressant, brûlant, drôle, intense... Tout ça, et même davantage, presque jusqu'à l'aube. Indescriptible. Bon sang, il ne savait même pas quelle heure il était ! On était samedi matin, ou probablement samedi midi. Donc, il n'y avait pas lieu de s'affoler. Enfin quand même : ça faisait une éternité qu'il n'avait pas fait une telle grasse matinée.

Neal s'était levé une heure plus tôt. Nathan se souvenait d'avoir tenté, dans un demi-sommeil, de le retenir dans le lit, mais le jeune homme avait fini par lui échapper des bras tout en lui promettant pourtant qu'il ne rentrerait pas tout de suite chez lui. Il l'avait entendu lui murmurer une phrase douce, un « Dors encore un peu, mon cœur, je vais prendre une douche », qui l'avait fait sourire et puis il avait replongé avec délice dans le sommeil.

« Mon cœur », dire qu'il trouvait ça affreusement niais dans la bouche des épouses de ses collègues de travail. Et là, rien que de repenser à la belle voix chaude de Neal lui soufflant « mon cœur », et ses orteils s'en recroquevillaient de plaisir. Il avait envie de soupirer comme une adolescente. Mouais, pour le prix du mec le plus macho de la rédaction : il repasserait !

Un large sourire greffé au visage, il finit par se lever lentement. Tous ses muscles étaient délicieusement courbaturés, il faillit en rire à voix haute. Décidément, l'état d'amoureux le rendait particulièrement imbécile. Il prit le premier jean qui passa à sa portée et l'enfila. Puis il alla directement à la salle de bains, histoire de se jeter un peu d'eau sur le museau et de se brosser les dents. Sa grand-mère lui répétait assez qu'il devait se comporter en gentleman ; commencer par éviter de ressembler à un ours sorti d'hibernation pouvait être une bonne initiative. Vaguement plus frais, bien que pas rasé – fichue ampoule rouge qu'il allait devoir démonter –, il entra enfin dans le salon.

Damned ! C'était un chaos encore pire que sa chambre. Il y avait des vêtements dispersés partout, plusieurs cadres pas droits. La table basse était couverte de tasses vides, vestiges des tentatives ratées, néanmoins bues, des irish coffees de la veille.

Assis en tailleur par terre sur le parquet gris, des tirages photo étalés tout autour de lui, se tenait Neal, adorablement noyé dans un pull trois fois trop grand et que

Nathan reconnut comme étant le sien, et plus précisément celui dont il se servait pour bricoler. Les mailles de coton étaient couvertes de taches de peinture et un trou, gros comme une pomme, béait sur le côté droit. Les manches descendaient si bas sur les mains du jeune comédien que l'on ne voyait que le bout de ses doigts, le col distendu laissait apparaître la naissance d'une épaule, enfin le pull lui tombait presque à la moitié des cuisses que ne semblait couvrir aucun autre vêtement. Il était incroyablement sexy. C'était *son* homme, celui avec qui il avait fait l'amour toute la nuit, et il était assis à moitié nu au milieu de son salon. Le monde ne pouvait pas être plus parfait.

Nathan s'approcha de lui doucement, nourrissant naïvement le désir de le surprendre. Mais Neal se retourna soudainement. Il avait le petit appareil photo Leica entre les mains. En un instant, il le porta à son œil et appuya sur le déclencheur.

Clic.

— Hé ! ne put s'empêcher de râler Nathan.

Il n'avait pas l'habitude d'être celui devant l'objectif et, pour tout dire, il détestait être pris en photo. Un comble, mais ça le crispait de servir de cible au regard d'un autre. Et puis il n'aimait pas que l'on se serve de son matos. C'était son outil de travail, intime. Il avait mis pas mal de son âme dans cet appareil photo. Lui seul avait le droit de l'utiliser.

— Tu sais te servir de ça ? hasarda-t-il, vaguement grincheux.

— Oui, un peu, à force de te regarder faire, répondit Neal dans un rire.

Clic.

Nathan grogna et Neal rigola de plus belle.

— Allez, tu ne vas pas me dire qu'avec ton physique d'Adonis, tu n'as jamais été pris en photo par tes amants ? Tu es un très bel homme, tu le sais quand même ?!

Clic.

Nathan soupira et se passa la main sur le visage pour dissimuler ses joues qui avaient rougi sous l'effet du compliment. Il s'approcha, finalement amusé par l'effronterie de son partenaire. Il fit un mouvement pour reprendre le Leica des mains de Neal. Celui-ci esquiva souplement le geste et se recula à bonne distance, toujours accroupi sur le sol. Les clichés autour de lui s'éparpillèrent encore davantage, lui faisant un tapis-mosaïque d'images noir et blanc sous ses fesses nues.

— J'ai envie d'avoir des photos de toi. Tu en as des dizaines de moi ! supplia le jeune comédien avec, en prime, un immense sourire qui lui faisait déborder les yeux de lumière.

Nathan, pris au jeu et s'approchant de nouveau, maugréa avec amusement :

— C'est franchement indécent, monsieur Willows. Un jeune homme sérieux comme vous, responsable d'un groupe d'adolescents influençables, avec, sur lui, des photos d'homme à demi nu surpris au saut du lit.

— « Surpris » ? Vraiment ! répondit Neal, faussement outré. Mais il n'y a rien d'indécent, monsieur Atkins, on voit bien que mon modèle porte un pantalon. C'est de la censure arbitraire ! compléta-t-il avant de tourner de nouveau l'appareil vers Nathan.

Il appuya sur le déclencheur. Le petit *clic* résonna dans la pièce. Irritant, excitant. Peut-être que sur cette photo, il était parvenu à saisir le sourire de Nathan, quelque part ; étrangement, ce dernier l'espérait. Ce serait la preuve que ce moment de pur désir, innocent, entre eux deux avait bien eu lieu. Se sentant porté par une vivifiante arrogance, il fit un pas de plus, pieds nus sur le bois sec. Ses mains glissèrent sensuellement sur la braguette de son jean. Il défit le premier bouton, puis le second, découvrit la naissance de

son aine et plongea la main sous le tissu rêche. Son sexe était déjà dur.
Clic.
— « Arbitraire »... Je ne crois pas, non... « nécessaire », plutôt... taquina Nathan, confusément timide et séducteur à la fois, sous ce regard qui le dévorait avec gourmandise.
Il empoigna son érection.
Neal cessa alors de rire et ses pupilles se dilatèrent légèrement. Il se passa la langue sur les lèvres et déposa l'appareil photo sur le sol. D'un léger signe de tête, il invita Nathan à venir lui prendre le Leica. Jeu de la séduction. Hypnose. Le photographe devenu modèle s'approcha encore tout en se caressant. Neal se redressa pour agripper un passant de son jean de son index recourbé. Il attira Nathan à lui d'un geste vif et celui-ci tomba à genoux entre ses jambes écartées. Ils s'observèrent plusieurs secondes sans dire un mot, savourant cette atmosphère de duel qui les enivrait tant.
D'un mouvement souple et précis, Nathan renversa Neal sur le dos. Il lui emmêla les poignets dans la lanière du Leica et lui plaqua les bras au-dessus de la tête. Neal ne s'était même pas débattu. Il gardait son regard clair planté dans celui de Nathan, confiant dans le fait qu'entre eux il n'y avait pas plus de soumission que de domination, seulement les prémices d'un plaisir partagé. Neal le regardait et l'impatience se lisait dans ses yeux. Ses lèvres entrouvertes attendaient de se faire surprendre, de se faire posséder. Nathan résista à l'envie de se pencher sur lui pour l'embrasser. Il était à genoux, comme un adorant, entre les jambes écartées du jeune comédien. Le malheureux pull trop long ne permettait aucune pudeur et la belle érection qui en tendait le tissu avait une vigueur fascinante. Fascinante comme pouvaient l'être la liberté, le désir sans fard, pur,

farouche, vrai.

Nathan posa ses paumes sur les jambes souples qui lui entourèrent les hanches, il remonta doucement le long des cuisses fermes, passa le creux de la taille, puis, tout aussi lentement, repoussa le tissu. Celui-ci glissa dans un chuchotement sensuel pour découvrir le sexe bandé, la légère toison de l'aine, puis tout le paysage du torse. La peau frémissait sous ses doigts à chaque centimètre que le pull ne couvrait plus. Quand son pouce effleura l'un des tétons de Neal, ce dernier laissa échapper un soupir. Nathan pinça le bourgeon de chair, légèrement ; sous ses yeux, la peau tendre s'anima d'un frisson. Alors il se pencha, jusqu'à venir toucher de son nez la chair du ventre sur laquelle glissa son souffle. De la langue, il joua, titilla, fit grimper leurs désirs par touches successives, testant les réactions, dosant le plaisir, attendant pour être satisfait que son amant en soit réduit à le supplier. Ce qui ne tarda pas.

— Hm, s'il te plaît, peux-tu... hmmm ? gémit Neal en se cabrant pour mieux venir pétrir son sexe tendu contre son bassin à présent qu'il était à demi allongé sur lui.

Il avait les bras à peine entravés par la lanière du Leica, mais ne cherchait pas à se libérer, il n'attendait que d'être satisfait et étirait tous ses muscles dans ce seul but.

— Oui, tu pourrais être plus précis ? s'amusa Nathan en se redressant.

Il caressa du dos de la main la hampe impatiente de son partenaire, qu'il avait jusque-là négligée. Neal ravala un souffle. Il avait les yeux toujours ouverts, rivés sur lui ; il attendait. La pièce était chargée d'électricité. Nathan finit de déboutonner son jean et libéra sa propre érection. Un tremblement de soulagement lui parcourut tout le corps, tant la contrainte du tissu rêche sur sa chair excitée avait pu être douloureuse. Son désir brillait, laiteux, au bout de son sexe. Il en macula ses doigts, puis attira le jeune homme à lui d'un geste ferme, jusqu'à pouvoir reposer les fesses de Neal sur ses cuisses. Nathan saisit à pleine main leurs deux virilités. Un long gémissement s'arracha à sa gorge alors qu'il commençait à les masturber tous deux. Son amant noua ses jambes autour de sa taille et, du bassin, imprima un rythme plus soutenu à leur caresse commune.

Nathan était fasciné par l'ondulation de ces muscles abdominaux, par la souplesse de ce corps troublant de sensualité qui s'animait par vagues, mouvements hypnotiques naissant du plaisir. Il était si vrai, étendu là sur le parquet chaud, au milieu des images de papier glacé, au centre de son monde. Sa muse sur l'autel de ses créations. Neal libéra enfin ses mains et vint les poser sur celles de Nathan. L'une sur les doigts qui agrippaient sa hanche, l'autre sur l'instrument de leur jouissance. Il renversa la tête en arrière en poussant un grognement rauque. Ses mains se crispèrent.

Plus fort, plus vite, semblait-il murmurer.

Les yeux clos, la bouche ouverte sur un souffle profond, il était tout entier tourné vers la sensation absolue de leurs deux âmes tirées vers l'abîme. Lorsqu'il atteignit l'orgasme, tout son corps s'abandonna, lâcha prise, comme une marionnette dont on vient de couper les fils. Le temps sembla se suspendre et Nathan se libéra lui aussi, envoûté, perdu.

Il avait assisté à l'extase de Neal comme on est témoin d'un phénomène éphémère et sublime. Une image avait surgi dans son esprit, intensément intime et dépouillée de toute affectation. Parfaite. La lumière de midi, passant à travers les stores vénitiens de la grande fenêtre du salon, venait tracer des ombres horizontales sur les lignes des lattes du parquet et sur les courbes sensuelles de la peau blanche de Neal. Cette lumière, elle entrait par flots dans ses pupilles épuisées de plaisir, elle éclairait ses lèvres effrontément rouges, ses pommettes brûlantes et ses doigts qui glissaient sur la peau de son torse, semblant y chercher lascivement les traces humides de leurs extases. Le photographe voyait ce corps étendu comme à travers les filtres d'une prise de vue travaillée jusqu'à l'obsession. Il n'y avait qu'à saisir l'instant. Nathan attrapa l'appareil photo abandonné à leur côté et, sans laisser ses réflexions venir polluer son instinct, il appuya sur le déclencheur.

Clic.

***

— Tu sais que si quelqu'un tombe sur une photo de moi à demi nu dans une attitude aussi intime, c'est l'interrogatoire au poste assuré, grogna Nathan.

Il avait les doigts dans le bain de révélateur. Il était confiné dans la minuscule salle de douche éclairée par la lumière rouge, un samedi, à 15 h 20... Il soupira. Neal l'avait pratiquement supplié de lui faire les tirages des cinq clichés qu'il avait pris de lui à son réveil. Les images commençaient à apparaître sur le papier trempé de produits chimiques. Elles avaient tout l'air d'être floues et mal cadrées ; sur l'une d'elles, on ne voyait que sa main qui glissait dans son jean ouvert dans l'intention très claire d'empoigner sa queue.

Damned.

— Non mais, tu imagines le scandale, pour moi, pour ma rédaction ? Un truc pareil, il faut vraiment que tu le planques ! Dis, tu m'écoutes ? insista Nathan.

L'étudiant était juste derrière son épaule et, à en croire l'éclat dans ses yeux et son sourire immense, il n'avait que faire de ses recommandations grincheuses.

— *By Jove,* celle-ci est extraordinaire ! Je vais me lancer dans une carrière de photographe érotique pour ménagères canailles ! plaisanta Neal, euphorique.

— Oh, bon sang, tu vas nous faire enfermer ! gémit Nathan en accrochant les cinq photos sur le fil de séchage.

***

En attendant que les tirages sèchent, ils prirent le temps de faire une partie d'échecs, puis deux. Après quoi, ils dévorèrent la fin d'une assiette de pancakes préparés le midi, après leur petite séance de yoga érotique sur le parquet. Nathan retrouva même un bocal de compote de pommes préparée par Miss Meryll, la voisine de sa grand-mère, pour accompagner ce goûter improvisé. Le soleil était déjà couché lorsque Neal décréta qu'il devait partir. Les fameux clichés, tout juste secs, avaient été sagement cachés dans une pochette, elle-même glissée dans son sac entre deux tirades du *Faust* de Marlowe[59].

— On est samedi soir et tu m'abandonnes à ma

---

[59] Christopher Marlowe, brillant dramaturge britannique contemporain de Shakespeare, et homosexuel revendiqué, est connu pour sa pièce *La Tragique Histoire du docteur Faust*, écrite en 1592.

solitude ? pleurnicha Nathan pour le principe alors que le jeune homme était en train d'enfiler ses mitaines.

À cette remarque, il sembla honnêtement peiné.

— Je ne peux pas découcher deux nuits de suite. Mon colocataire est… euh… On va dire « tatillon » sur cette question. Désolé.

— Tu loges chez un moine ? plaisanta Nathan en prenant un air dégoûté.

Neal éclata de rire. Un rire au goût acide.

— Non, oh non, loin de là ! C'est mon frère, il se prend pour mon guide de conscience. Le genre à se payer des coups d'un soir derrière le dos de sa fiancée, mais à ne pas supporter que je garde les cheveux un peu longs et que je lise de la poésie, si tu vois ce que je veux dire.

Le ton de sa voix se voulait léger, mais Nathan en eut la gorge nouée. Oui, il voyait très bien, malheureusement. Il ne put s'empêcher de le prendre dans ses bras, là sur le pas de la porte ouverte, et de lui voler un baiser, long, langoureux. Merde à la Morale, merde au frère homophobe, merde à cette société qui leur interdisait de s'aimer ! Il dérobait cet instant au monde.

— Alors, fais attention à toi, murmura-t-il dans le creux du cou du jeune comédien qui le laissa faire. Et n'oublie pas que je t'aime, ajouta-t-il dans un souffle.

Neal lui embrassa la tempe et, sans lui répondre, s'échappa par les escaliers.

NEW YORK, 1954

Bruit

*LE **BRUIT** EST UNE DÉTÉRIORATION DE L'IMAGE. DES PETITS POINTS APPARAISSENT SUR LA PHOTO. L'AMPLEUR DU PHÉNOMÈNE VA DÉPENDRE DE PLUSIEURS PARAMÈTRES COMME, PAR EXEMPLE, LA SENSIBILITÉ DE LA PELLICULE.*

Son dimanche fut studieux, productif, enthousiasmant de bout en bout. Le lendemain de la venue de Neal, Nathan se leva tôt, travailla la moitié de la journée à développer et à recadrer les clichés qu'il avait pris pendant les répétitions du cours de théâtre – cinq pellicules de trente-six poses chacune ! – et se mit à écrire les grandes lignes de son article le reste de l'après-midi. C'était bon, très bon même, d'être à ce point inspiré, de sentir les idées bouillonner à l'intérieur de soi et de les savoir objectivement brillantes. Il débordait d'énergie et de courage. Il avait des envies soudaines d'aller hurler du haut du toit de son immeuble son amour pour Neal, son étoile, sa muse, sa source d'inspiration. Mais, plutôt que de faire ça, et de se voir terminer la nuit au poste, il préféra téléphoner à sa grand-mère.

La pétillante septuagénaire ne manqua pas de le taquiner un peu, à coups de « je te l'avais bien dit », pleins de tendresse. Elle était ravie et lui, euphorique. Oui, elle avait deviné ; oui, il avait tous les symptômes du « fou amoureux », et de se l'entendre dire lui gonfla le cœur davantage encore. Ils discutèrent longuement de tout et de rien avant que Lisbeth le prévienne qu'elle devait raccrocher. Elle avait rendez-vous avec sa voisine pour aller à son cinéma de quartier pour une séance exceptionnelle : *Le Comte de Monte-Cristo*[60], immense succès outre-Atlantique, avec le séduisant Jean Marais en héros ténébreux, ne pouvait pas attendre. Nathan ne put s'empêcher de rire lorsque sa grand-mère lui dit sans détour qu'elle avait toujours eu un faible pour ce grand gaillard débordant de virilité, qui n'avait aucun scrupule à s'afficher dans la presse aux côtés de son amant, le lunaire poète Jean Cocteau. Mais avant de couper la communication, Lisbeth prit soudainement un ton très sérieux pour lui dire :

— *Nathan, surtout, tu me promets d'être prudent. D'accord ?*

Il fut un peu surpris.

— Tu sais bien que oui, mamie, on ne va pas se bécoter en pleine rue, renvoya-t-il d'un ton léger.

Sa grand-mère poussa un soupir.

— *Ce n'est pas de cela que je parle, Nathanaël. Tu sais comme tu peux être impulsif parfois, alors...*

Sa voix s'effilocha et elle marqua un silence de deux secondes.

— *Fais juste attention à toi, c'est tout*, insista-t-elle.

Nathan ne savait pas trop quoi lui répondre.

— Mais oui. Ne t'inquiète pas, glissa-t-il, attendri.

— *Alors ça, ce n'est pas demain la veille*, répondit-elle dans un rire ténu, teinté d'émotion, qui laissa un drôle de nœud dans son estomac.

***

---

60   Ce film en deux épisodes de Robert Vernay, sorti en janvier en France (et probablement dans seulement quelques salles d'art et essai aux Etats-Unis), est un formidable succès d'audience. Jean Marais, qui a alors 41 ans, est le sex-symbol du cinéma français et, oui, tout le monde sait qu'il est homosexuel.

Lundi 8 mars. 9 h 24 du matin. Nathan Atkins, fils de Samuel Atkins, aviateur, et de Claire Guimard, mère au foyer, était en train de vivre un moment historique. Robert Garret Jr, directeur d'une des revues people les plus lues de New York, venait de le féliciter, et même de lui offrir un de ses fameux cigares, ceux qu'il achetait illégalement via un réseau obscur qui passait par La Havane. Nathan essayait de ne pas s'étouffer avec la fumée trop grasse du quasi-barreau de chaise que son patron lui avait collé dans la bouche, tout en tentant de retrouver ses esprits. Le large sourire qui fendait en deux le visage de son boss hirsute avait un petit air étrangement antinaturel, comme de la poésie antique dans la bouche d'un échappé de la prison de Rikers[61]. Pour tout dire, c'était à la fois effrayant et exaltant.

L'ébauche d'article que Nathan avait écrit le week-end précédent venait de faire forte impression à Garret. Son patron l'avait tout d'abord accueilli avec sa morgue habituelle, un mélange de « j'en ai rien à foutre » et « montre toujours, des fois que ça soit pas d'la merde ». Nathan ne s'offusquait plus depuis longtemps de ce genre de simagrées, elles faisaient partie du personnage. Il lui avait tendu avec confiance son précieux travail : un plan, un ensemble de notes manuscrites et de tirages grands formats dans une pochette cartonnée. Après quelques minutes de lecture et à la vue de la sélection de photos, le boss avait commencé à sourire, puis à grogner des « ah putain, c'est pas mal ! » toutes les six secondes. Enfin, il s'était levé de son gros fauteuil en cuir, qui en avait grincé de douleur, avait contourné son bureau couvert de paperasse et empoigné la main de Nathan avant de lui balancer une bourrade sur l'épaule, virile à vous en disloquer l'omoplate.

— Atkins, contre toute attente, t'es pas le dernier des abrutis. On finira par faire de toi un reporter !

---

[61] La prison de Rikers : l'une des plus grandes prisons des USA, ouverte en 1932 sur une île new-yorkaise.

S'était ensuivie une discussion vive et pointue. Les deux hommes avaient passé plusieurs heures sur les améliorations à apporter au plan de l'article, les approfondissements nécessaires, la sélection des photos. Il s'agissait de développer un vrai dossier de fond, douze pages intérieures. La couverture de la revue : Neal déclamant face à ses élèves hypnotisés, et la mention « un reportage exclusif de Nathanaël Atkins », qui ferait la fierté de sa grand-mère. C'est sûr que la voisine, Miss Meryll, n'était pas près de ne plus en entendre parler. Et Neal, qu'allait-il en penser ? Nathan imaginait sans mal l'enthousiasme de son amant, son sourire et la lumière dans ses yeux quand il lui annoncerait la nouvelle. Il avait tellement hâte de le revoir pour lui en faire part ! Mais pour l'heure, il devait finir cet horrible cigare et probablement prendre un bain de bouche à la soude pour tenter de rattraper son haleine !

***

Quand Nathan sortit enfin de l'immeuble du *Broadway Weekly News*, il était déjà 19 heures passées. Après son rendez-vous avec Garret, il avait passé une bonne partie de l'après-midi avec Moses pour travailler les photos, les cadrages, les accentuations et la qualité des développements. Son collègue avait été dithyrambique sur la beauté des prises de vue et Nathan, noyé ainsi par les compliments, avait l'impression de flotter sur un petit nuage. Porté par la confiance en soi, il avait ensuite commencé à mettre au propre à la machine à écrire ses diverses notes pour le texte de son article. Il lui avait fallu fouiller en lui pour sortir du style synthétique du journalisme de brèves, et trouver l'emphase et la verve du vrai reporter, celui qui fond son âme dans le sujet qu'il traite. Se livrer, offrir son enthousiasme au lecteur. Épuisant.

Pourtant, une fois dans la rue, Nathan se sentit encore

bouillonnant d'une énergie fébrile. Il se mit à marcher au hasard pour tenter de dissiper cette surexcitation fiévreuse qui commençait à le rendre dingue. Il traversa Time Square, le centre névralgique de la ville qui, en ce début de semaine, débordait d'activité. Les passants se pressaient sous les enseignes éclairées de gigantesques néons, comme celle de la boutique de vêtement *Bond Clothes* prenant, avec ses lettres immenses, l'intégralité de la surface d'un bloc d'immeubles. Partout, le plus haut possible, s'illuminaient les publicités pour *Chevrolet, Canadian Club Whisky*, ou encore *Pepsi Cola*. Le film *Autant en emporte le vent* en était déjà à sa troisième rediffusion et l'affiche trônait sur la marquise du *Loew's State Theatre* de Broadway : une projection « en écran extra large », promettait le sous-titre. Les automobiles, les taxis et les bus se disputaient la chaussée dans un tohu-bohu de klaxons et de coups de frein. Hystérie de la ville. Grande marée de la modernité où l'on pouvait se noyer avec délice.

Poussant plus loin sur la 45ᵉ Avenue, Nathan constata que la foule s'était un peu dispersée. Il approchait du quartier de *Hell's Kitchen*. Beaucoup moins dangereux qu'à la grande époque de la Prohibition, mais toujours régulièrement fréquenté par le fleuron de la pègre. Les trottoirs étaient encombrés par les étals des modestes commerces populaires aux devantures rapiécées. Des gamins sans surveillance cavalaient entre les jambes des passants et les ménagères accrochaient encore leur linge à des fils suspendus entre les rues. Nathan connaissait bien cet endroit. Il avait traîné là autrefois, du temps où il faisait des conneries avec sa bande et où Richard le sortait un à deux soirs par semaine. Le programme était toujours le même : alcool et sexe. Les tripots du secteur n'étaient pas vraiment regardants sur la clientèle. Pas compliqué de cacher ses vilains petits secrets dans un quartier pareil où même la police évitait de faire des rondes.

Nathan fronça les sourcils et renfonça ses mains dans ses poches. Pas enthousiaste à l'idée de raviver des souvenirs sordides, il allait rebrousser chemin lorsqu'un couple, à une dizaine de mètres de lui sur le trottoir, attira son attention.

Un gamin à peine sorti de l'adolescence était adossé à un réverbère. Un look de minet paumé, le jean ajusté et les ourlets montant haut sur les chevilles, un T-shirt près du corps et une ceinture à boucle clinquante. La jeune pédale typique. Nathan savait les reconnaître, il en avait été un, de ces mômes arrogants qui vendaient leur cul occasionnellement par provocation. Le gamin était en train d'accepter avec des airs de chipoter une cigarette tendue par un homme qui, à l'évidence, et, bien que Nathan ne puisse le voir que de dos, était bien plus âgé. Veste, chapeau, les cheveux tirant sur le gris. Une manière de se tenir respirant la confiance en soi et le pognon. Un frisson très désagréable parcourut l'échine du photographe. Mais c'est au son de son rire que Nathan se figea. Il aurait pu le reconnaître entre mille : retenu, dédaigneux et pourtant si attirant. Richard.

Sa respiration partit dans une cavalcade violente. Des images de son passé lui revinrent en plein visage comme un choc avec un mur de briques. Ça faisait combien de temps qu'il n'avait pas entendu ce rire ? Sept ans ? Peut-être davantage ? Il avait presque l'âge de Neal quand ce type, là, à même pas dix mètres de lui, l'avait largué et lui avait arraché le cœur par la même occasion. C'était dans une chambre d'hôtel du quartier, après l'avoir tringlé pendant une bonne demi-heure, qu'il l'avait balancé comme ça, sur le ton de l'anecdote. Nathan se souvenait du moindre détail : des motifs du papier peint, des bruits du sommier à ressorts, de l'odeur des draps, de l'attitude de Richard, nu, le corps repu, étendu comme un prince sur la longueur du lit, ses gestes, et son rire, son fameux rire, face à ses pleurs, lui qui ne s'était pas attendu à se faire dégager de cette façon.

« Attends, bonhomme, tu croyais qu'on allait passer nos vieux jours ensemble ? Eh bah, moi qui pensais t'avoir appris des choses… Retiens ça au moins : pour les mecs, tu vois, y a une règle à respecter. D'abord, y a l'âge où tu te fais enfiler, ensuite y a l'âge où tu te cases, où tu fais des mômes et, si t'es malin, c'est toi qu'enfile. Simple. Maintenant, si tu veux te garder une once de fierté, tu vas arrêter ta comédie de tapette et tu vas sortir de cette chambre en tâchant de relever le menton. Si je te dis ça, tu le sais, c'est toujours pour te rendre service. »

Des années. Cela faisait des années.

En cet instant, Nathan était figé par un mélange de peur panique et de colère incontrôlée. Il voulait s'enfuir, s'échapper, ou s'avancer, balancer son poing dans la tronche de cet enfoiré comme il aurait dû le faire à l'époque, plutôt que de partir, la queue entre les jambes, pour aller chialer dans les bras de sa grand-mère. Mais avant qu'il n'ait pris une décision, le jeune prostitué le remarqua et lui lança un regard mi-inquiet, mi-défiant. Il devait le prendre pour un flic. C'est vrai que planté là, sur le trottoir, les yeux exorbités, il devait sembler louche.

Le gamin chuchota rapidement quelques mots à son interlocuteur, qui se tourna immédiatement sur Nathan. Les regards des deux hommes s'agrippèrent. Nathan s'obstina, malgré le chaos d'émotions qui lui tordait les entrailles, à dévisager froidement son ancien amant. Les années ne lui avaient pas été favorables. Ses traits s'étaient empâtés, ses yeux lourdement cernés lui donnaient un air passablement lubrique. Et pourtant, sa mâchoire carrée, son allure supérieure, ses tempes grisonnantes, il devait l'admettre : les fantômes de son charisme passé étaient toujours là.

Nathan avala sa salive et serra les dents. Quel jugement verrait-il dans les yeux de celui qui l'avait connu si intimement alors qu'il n'était encore qu'un gamin naïf ? Saurait-il reconnaître en lui l'homme accompli, l'homme amoureux qu'il était devenu ?

Mais Richard fronça un instant les sourcils et son regard glissa sur lui avec désintérêt. Il réajusta son chapeau en en pinçant le revers, se détourna du jeune tapin qu'il abandonna sans plus de cérémonie, au grand dam de ce dernier qui envoya à Nathan un doigt d'honneur avant de se sauver en courant. À grandes enjambées, Richard passa à deux pas de lui d'un air d'être attendu à un rendez-vous d'affaires. Il rejoignit une Lincoln Capri[62] rutilante garée sur le trottoir d'en face, démarra aussi sec et disparut dans le flot de la circulation new-yorkaise. Et c'est tout.

Nathan en resta sonné. Il ne l'avait pas reconnu. Il ne l'avait pas reconnu ! Évidemment. Et lui, pauvre idiot, en tremblait encore. C'était risible. Bien sûr qu'il ne l'avait pas reconnu. Qu'est-ce qu'il croyait ? Qu'est-ce qu'il avait espéré ? C'était il y a plus de sept ans, et il n'avait été rien, rien qu'un des nombreux jeunes crétins que Richard s'était envoyés pendant ces années-là. Car, malgré les illusions dont il s'était bercé, il n'avait pas été le seul à chauffer ses draps à cette époque, bien sûr que non. Le défilé que ça avait dû être ! Alors, pourquoi Richard se serait-il souvenu de lui ? Ironique... Ironique que Nathan ait gardé, lui, le souvenir de chacune de leurs étreintes inscrit au fer rouge sur le cœur. Il était temps qu'il tourne la page. Plus que temps qu'il tire un trait sur tout ça.

La mâchoire crispée et au bord des larmes, il retourna sur ses pas, retrouva Broadway et sa lumière électrique, les néons des théâtres, la foule grouillante, et se laissa engloutir par la ville monstre.

---

[62] La marque Lincoln, rachetée par Ford, était spécialiste des berlines élégantes et rapides, et surtout moins m'as-tu-vu que les Chrysler, Cadillac et Packard de la même époque.

***

Il était près de 10 heures du soir lorsque Nathan rentra enfin chez lui. Crevé. Après s'être débarrassé de son manteau et de ses chaussures, la première chose qu'il fit fut de s'affaler sur son canapé et de fermer les yeux pour se reposer l'esprit. Dehors, la ville était calme, calme comme peuvent l'être les capitales où rien ne s'arrête jamais, ni les spectacles, ni les voitures, ni les joies, ni les drames. Il laissa le silence relatif et la nuit l'envelopper. Trop d'émotions, d'enthousiasme, de colère : trop de tout. Tout s'était vraiment précipité ces derniers jours. Il se força à oublier sa rencontre avec Richard, à enfouir cette tache de suie sous les couches de blanc radieux du week-end passé avec Neal et à l'élaboration de son article. Cela faisait bien trop longtemps qu'il n'avait pas laissé descendre sur lui la sensation d'être bien, d'être à sa place. Il n'allait pas laisser ce moment d'obscurité lui assombrir le cœur. La maturation avait été lente, mais l'inspiration s'était cristallisée. Belle, ardente, inespérée, surgissant au détour d'une nuit de passion. Oui, il lui avait fallu attendre, il avait dû d'abord apprendre à s'ouvrir, se creuser l'âme et en offrir la lumière à quelqu'un. Pas si facile pour lui, qui avait toujours veillé à garder ses sentiments bien à l'abri derrière des murs solides. Mais un déclic, aussi simple et irrémédiable que le fait de tomber amoureux, avait tout changé. Ce n'était rien de plus que ça, et rien de moins. À partir de son aveu, tout lui avait paru possible, évident. Est-ce que l'inspiration pouvait naître d'un sentiment aussi fluctuant que l'amour ? Nathan s'endormit sur cette question.

***

Trois coups retentissants frappés contre le bois de sa porte d'entrée le tirèrent de son sommeil. Il était 23 heures passées à présent. Il s'était assoupi tout habillé dans le canapé. La tête lourde et les jambes un peu flageolantes, il se traîna tant bien que mal vers le couloir d'entrée. Automatiquement méfiant, il allait pour jeter un coup d'œil dans le judas quand une voix étranglée, de l'autre côté de la porte, l'arrêta dans son geste :

— Nathan, c'est moi, ouvre, s'il te plaît.

Il y avait des larmes et de l'urgence dans cette voix. Nathan mit à peine une seconde pour déverrouiller la serrure et ouvrir. Son cœur fit une violente embardée lorsqu'il découvrit ce visiteur tardif.

— Neal... ne sut-il que constater.

Que faisait-il là à bientôt minuit ? L'étudiant portait un sweat-shirt loqueteux dont la capuche plongeait son visage dans l'ombre et un jean usé aux genoux. Un large sac à dos, qui semblait plein à craquer, pendait à son épaule. Il avait la dégaine d'un jeune fugueur sortant de garde à vue. Le visage baissé, il serrait et desserrait les poings. Sur ses phalanges des traces rouges, des éraflures, observa Nathan, réellement inquiet.

Il tendit la main et lui souleva le menton pour l'examiner. La capuche glissa sur une tignasse encore plus ébouriffée que d'ordinaire. Neal lui adressa un petit sourire piteux, qui se termina par une grimace de douleur. Sur sa joue fleurissait un hématome qui courait depuis la courbe de sa mâchoire jusqu'à virer au noir sous son œil droit. Il avait la lèvre fendue.

— Merde, mais qu'est-ce qui t'est arrivé ! laissa échapper Nathan en reculant, horrifié.

— Je peux rentrer d'abord ? Je vais également avoir besoin d'un de tes fameux irish coffees, si tu n'y vois pas d'objection, rétorqua Neal avec une pointe d'amertume.

Nathan ravala son inquiétude et essaya de rassembler ses esprits.

— Oui, oui, bien sûr, je... OK... bon, installe-toi, je t'apporte ça.

En ouvrant le placard de la cuisine pour en sortir la bouteille de whisky qu'ils avaient entamée trois jours plus tôt, Nathan récupéra un peu de ses facultés mentales qu'engourdissait encore son sommeil interrompu si violemment. Quarante questions et autant d'hypothèses plus catastrophistes les unes que les autres se bousculaient dans son esprit. Mais surtout, une rage pesante, assourdissante comme le tonnerre, s'insinuait en lui, enserrant son cœur d'une poigne de fer. Il la connaissait trop bien, cette sensation : la frustration, l'impuissance. Elle pouvait le rendre dingue.

Il retourna dans son salon avec deux tasses chaudes de café alcoolisé. La pièce était relativement sombre, une seule lampe était restée allumée à l'angle de son bureau. L'appartement était aussi silencieux et aussi calme que lorsqu'il s'était endormi. La ville murmurait son bruit de vie, étouffé par la fenêtre close. Identique. Pourtant, la silhouette recroquevillée sur son canapé transformait tous les tons chauds en drame glaçant, toute la quiétude en angoisse fébrile.

Nathan s'approcha lentement et tendit une des deux tasses à Neal, qui le remercia d'un léger mouvement de tête. Il posa la sienne sur la table basse en attendant qu'elle refroidisse et s'assit à côté de lui sur le canapé. La mollesse des coussins le calma marginalement. Ils étaient accueillants, ils étaient la normalité. Devant lui s'incarnait le chaos, confiné dans le corps de ce jeune homme étrangement mutique. Neal s'était installé les jambes repliées, pratiquement roulé en boule, les pieds dissimulés par le bas d'un jean trop long et une paire de chaussettes blanches. Ses deux mains enveloppaient la tasse avec une sorte de dévotion, comme si elle était la dernière braise du dernier feu avant la nuit sans fin. Il avait le nez dans les vapeurs de caféine et de whisky, et les yeux clos.

Neal lui avait raconté qu'il avait des origines irlandaises, par sa mère, et que celle-ci avait toujours tenu à conserver comme autant de totems les traces de sa culture de naissance. Même après son second mariage avec un gars de Caroline du Nord, le père de Neal, la fougueuse Eanna n'avait jamais lâché l'habitude de mélanger un peu de crème et une généreuse dose de whisky à son café. Pour l'étudiant, sentir l'odeur sucrée de cette boisson d'enfance était le meilleur moyen de se réconforter.

Dieu, qu'il semblait frêle en cet instant ! Et cet hématome qui lui mangeait le visage comme un maquillage de clown sordide à demi effacé... Nathan avait envie de hurler. Il n'osait pas poser de questions ni franchir la barrière imposée par ce silence atrocement lourd.

— Parle-moi, finit-il par murmurer, à bout de patience.

Neal souffla sur le contenu de sa tasse et but une petite gorgée de café avant de commencer d'un ton étrangement posé, aride :

— J'ai merdé. Brian, il...

— Brian, c'est ton frère, c'est ça ?

Le jeune comédien reprit un peu de café, laissa échapper un soupir et répondit, les yeux baissés sur sa tasse :

— Demi-frère, mais oui, c'est lui et accessoirement un connard violent. Je loge avec lui, enfin, je devrais dire « chez lui », parce que c'est sa paie qui couvre le gros du loyer. Je sais que je ne dois pas le juger trop sévèrement. Je le sais... Tu vois, il n'a pas eu une enfance facile, son père s'est pendu en 29, après la crise. Il avait perdu son boulot, je crois, et il venait d'être père. Il n'a pas supporté. Et notre mère ne s'en est jamais vraiment remise. Brian était tout bébé. Elle n'a pas mis longtemps à se remarier, mais lui est toujours resté le fils de l'autre, celui qui avait traversé l'Atlantique avec elle, celui qui venait de la mère patrie. Moi, j'étais le jus de Ricain et un petit machin chétif en prime. Bref, lui et moi... on n'a jamais eu des rapports faciles.

L'étudiant s'interrompit pour sourire à sa propre ironie.

— Ça a toujours été comme ça ; d'aussi loin que je me souvienne, il trouvait toujours un moyen de m'en coller une.

Nathan sentit son sang bouillonner et ses poings se crisper. Il s'y attendait, à cette histoire, il l'avait même plus ou moins deviné, ce passé sordide que dissimulait Neal derrière ses sourires innocents. Mais pourquoi ne lui en avait-il rien dit jusque-là ?

— Tu ne m'as jamais parlé de ça, commença-t-il, sa frustration clairement audible.

S'il avait su, pensa-t-il, qu'est-ce que ça aurait pu changer ? Il n'en savait rien, mais ça le foutait en rogne. Neal se tourna vers lui lentement, le dévisagea avec perplexité, puis replongea le nez dans les vapeurs de son café ; il semblait perdu dans ses pensées. Il finit par répondre d'une voix incertaine :

— Je ne t'ai pas tout raconté, parce que je ne voulais pas passer pour un chiot errant à la recherche d'un refuge. Tu te serais méfié de moi et ça aurait créé un drôle de rapport entre nous. Je ne veux rien devoir à personne, à toi encore moins.

Ces derniers mots firent l'effet d'un coup de lame au cœur de Nathan. Neal le méprisait-il à ce point ? N'avait-il pas un minimum confiance en lui ?

— Pourquoi « à moi encore moins » ? lança-t-il, glacial. Pour toi, je ferais donc un coloc aussi miteux que ton abruti de frère anti-pédé ?

L'étudiant se retourna et le foudroya du regard. Son ton s'emporta brusquement lorsqu'il répondit :

— Pourquoi ? Mais parce que je sais que tu ne

supporterais pas ça, ce genre de faiblesse. Parce que tu aurais fini par me mépriser, comme tu te méprises d'être tombé dans les griffes de ton premier mec. Tu ne veux pas être dans la peau de celui qui a le pouvoir, qui a l'argent. Tu as peur de m'influencer et de me corrompre ou je ne sais pas quelle autre connerie que ce type t'a rentrée dans le crâne il y a des années. Je sais que je ne suis pas toi et que tu n'es pas lui, mais je ne suis pas sûr que, *toi*, tu en sois parfaitement conscient ! On vient juste de... de commencer quelque chose. Je ne voulais pas te mettre dans une situation inconfortable.

Sa lèvre inférieure tremblait. Il se tut et but une nouvelle lampée de breuvage chaud. Nathan en resta pantois. Tout ceci résonnait douloureusement juste.

— Je... Comment es-tu arrivé à une telle conclusion ? balbutia-t-il, maté par cette analyse cinglante.

— Comme tu le sais, je suis étudiant en littérature ET psycho... ça fait trois mois que l'on se connaît et que l'on discute et... pardon, mais mes proches sont mes meilleurs cobayes. D'ailleurs, ça a le don de hérisser Hermine, répondit Neal avec un peu plus de calme dans la voix.

Nathan décida de suivre son exemple. Il s'apaisa pour lui demander :

— T'as jamais tenté la coloc ? Avec elle, ou Tom ?

— Non, mais... À un moment, avec Hermine, on avait vaguement fait semblant d'être fiancés, parce qu'elle venait dormir à la maison certains soirs et que ça me servait d'excuse. Mais, avec Brian, vu qu'elle est plutôt mignonne et qu'elle est française, c'était... compliqué. Lui, il a cette vision de la France, tu sais : les filles là-bas sont à la disposition des libérateurs, ce genre d'obscénités.

— Il a fait le débarquement ?

— Non ! Non, il était trop jeune, mais y a pas mal de ses collègues qui lui en parle, ça fait partie des légendes que les vétérans se racontent. Ils préfèrent parler de ça que des potes qu'ils ont vu crever sur une plage normande ou dans une forêt des Ardennes.

— Ou sur un porte-avions dans le Pacifique, ajouta Nathan en pensant à son père qui avait trouvé la mort lors de l'attaque de Pearl Harbor. Oui, je peux comprendre ça. Et donc, Hermine et ton frère ?

— Un très mauvais mélange. Elle a ce petit côté « *US go home*[63] » parfois, qui ne plaît pas beaucoup à mon frangin. Bon, sinon, il y a Tom qui vit dans une sorte de foyer pour célibataires tenu par un genre de marâtre depuis deux ans. Il dit que c'est une vraie prison parce qu'il doit demander pour sortir le soir et que jamais, ô grand jamais, il ne peut ramener une fille. Et dire que j'avais tendance à me moquer de lui. Et, maintenant, je réalise que loger avec Brian, c'est toujours mieux que de dormir dans la rue.

La voix du jeune comédien était un fil tendu. Nathan n'eut aucune difficulté à déduire le résultat de tout ce gâchis.

— Il t'a viré de chez toi, conclut-il avec douceur.

Neal émit un faible « oui », penaud, et détourna le regard.

— Mais, avant ça, il t'a tabassé, après être tombé sur les photos de moi.

Le jeune comédien laissa échapper un petit rire acide.

— Tu n'es pas journaliste pour rien.

Nathan se rapprocha doucement de lui sur le canapé et vint poser sa main sur son genou. Il voulait simplement lui montrer qu'il était là, en ami.

— Tu me racontes ? murmura-t-il après plusieurs secondes de silence.

Neal prit une profonde inspiration. Lorsqu'il se lança, les mots tombèrent comme les pluies d'orage : brefs,

---

[63] Plusieurs années après la fin de la Seconde Guerre mondiale, les GI américains stationnent encore en France. Mais l'euphorie de la Libération n'a pas fait long feu et le sentiment d'être colonisé reprend le dessus chez les populations civiles. Le slogan « *US go home* » se diffuse.

saccadés, violents, crus.

—Je... Je ne sais pas comment il les a trouvées. Je les avais cachées, je te le jure. Je ne pensais pas qu'il en était à fouiller dans mes papiers. Il voulait peut-être me piquer du fric. Ça lui arrive, parfois. Il dit que je lui dois bien ça, vu que je vis à ses crochets. Quand je suis rentré des cours, il m'est tombé dessus. Il a commencé d'entrée par me coller une baffe. Pour une fois, j'ai compris immédiatement d'où ça lui venait. Il avait vu les photos. Il était dans un état, c'est comme si je l'avais trahi, lui, toute la famille et le pays entier par-dessus le marché ! Il hurlait. J'étais un dégénéré, un pervers, il avait envie de dégueuler rien qu'à penser que je me servais de la même douche que lui depuis des années. Il a dit de ces choses... c'était ignoble. J'ai gueulé aussi, pour faire bonne mesure. Tout l'immeuble a dû nous entendre. Puis il a sorti les photos, il me les a collées sous le nez comme si c'était la pire des abominations et... et moi tout ce que je voyais, c'était toi, ce matin-là, et... il a commencé à en déchirer une et je... je ne sais pas ce qui m'a pris. Je l'ai frappé. Aussi fort que j'ai pu. Il s'est étalé dans la cuisine. Tu aurais vu sa tête, il n'en revenait pas : le gringalet qui ose lui en mettre une ! J'en ai profité pour m'enfermer dans ma chambre. Heureusement que la porte est solide, parce qu'il a essayé de la démolir à coups de poing. Il a fini par se fatiguer et il m'a beuglé qu'il allait faire un tour et que si je n'avais pas foutu le camp lorsqu'il rentrerait, il allait me... enfin tu vois... Alors, je... je ne sais pas s'il aurait fait quoi que ce soit, mais... j'ai eu peur.... J'ai rempli mon sac avec tout ce que j'ai pu et j'ai détalé... mais je... Quand je me suis retrouvé dans la rue, j'ai réalisé... que je ne savais même pas où aller ! Merde... j'suis vraiment qu'un imbécile...

Neal posa la tasse de café sur la table basse, car il tremblait trop pour la tenir. Les larmes commencèrent à couler, silencieuses sur ses joues rougies. Son visage se crispa et il l'enfouit dans ses mains avant de laisser échapper un bruyant sanglot. Une barrière venait enfin de se briser en lui et l'onde de choc atteignit Nathan en pleine poitrine. Par réflexe, il attira aussitôt son amant dans ses bras, le pelotonna contre lui, l'enlaçant comme pour le protéger de tout et de tout le monde. Il n'avait pas de mots pour le réconforter, il ne savait pas comment on pouvait trouver des phrases bienveillantes dans ces moments-là. La seule expérience qui lui revenait en mémoire, c'était encore et toujours Richard et son sourire goguenard qui l'accueillait quand Nathan revenait couvert de gnons après s'être fait passer à tabac par les flics. Lutter pour survivre, souffrir, faire souffrir et se battre encore. Il ne lui avait appris que ça. Face à cette détresse, il n'avait rien, juste l'envie d'aller égorger l'enflure responsable de tant de souffrance. Mais ce n'était probablement pas ce dont Neal avait besoin, là, maintenant. Davantage de rage et de violence ne soignerait rien.

Nathan repensa alors à sa grand-mère, à son courage après la mort tragique de son mari pendant la Première Guerre mondiale, ce brave papy Adrien qui avait tenu à aller servir son pays natal dans les tranchées en tant que médecin. Aux certitudes qu'elle avait conservées, malgré tout, même si sa fille unique lui avait tourné le dos, même si son petit-fils s'était un temps égaré et qu'elle avait failli le perdre, lui aussi. Elle, elle savait. Elle, elle avait toujours su comment. Il se dit qu'il devait peut-être aussi avoir ça en lui : cette capacité à aimer, à réconforter. Alors il laissa ses mains, plus instinctives, trouver à la place des mots le langage universel. Des caresses, lentes, pour apaiser les sanglots, puis des baisers, à peine effleurés, pour affirmer l'amour. Combien de minutes passèrent ainsi en douces démonstrations de tendresse, combien d'heures ? Cela n'avait aucune importance. Au bout d'un moment, la nuit new-yorkaise les recouvrit de son ronronnement réconfortant. Le drame s'était déchargé pour ne laisser que deux corps épuisés.

***

    Le lendemain était un mardi un peu terne d'une banale semaine de mars. L'aube était gris-blanc et la circulation continue des voitures en bas de l'immeuble faisait un bruit de fond presque rassurant. Il n'y avait rien dans l'air pour laisser deviner quel chaos avait traversé la vie des deux amants quelques heures plus tôt. Ils se réveillèrent quasiment en même temps. Nathan se leva en premier pour se doucher et s'habiller. Le temps que Neal fasse de même, il avait déjà pris son petit déjeuner.
    L'étudiant le trouva dans le salon en train de relire le texte de son article. Étalées sur la table basse devant lui, des photos du jeune comédien jouant face à ses élèves du cours du vendredi, de beaux tirages noir et blanc où on le voyait, lumineux dans la grâce tempétueuse de ses 23 ans, donner vie à des répliques, incarner les mots, être le théâtre.
    — Bonjour. Tu... Tu les as développées aussi, finalement, dit-il d'une voix timide en désignant les clichés.
    Nathan releva les yeux et marqua un temps d'arrêt en découvrant le visage de Neal à la lumière du jour. L'hématome avait viré au coquard sous son œil droit, et toute sa joue était marquée de la trace du coup. Sa lèvre inférieure était encore visiblement tuméfiée. Ce salaud de Brian n'y

était pas allé de main morte. Nathan se retint de grincer des dents. S'il croyait s'en tirer comme ça, l'enfoiré... Nathan ne savait pas comment il ferait payer à cette brute ce qu'il avait fait subir à Neal, mais il trouverait. Ce dernier, lisant probablement ses pensées dans son regard dur, préféra fuir toute remarque à ce sujet et partit dans la cuisine se préparer un semblant de petit-déj. Nathan soupira. C'était trop tôt encore, ils n'avaient pratiquement pas dormi, ni l'un ni l'autre, ils étaient épuisés nerveusement, ils n'étaient pas en état de parler de sujets aussi graves. Il préféra reporter lui aussi cette discussion à plus tard et, d'ailleurs, il avait à lui parler de choses plus positives. Prenant un ton enjoué, il lança en direction de la cuisine :

— Les photos sont vraiment réussies ! Je les ai montrées au journal, pour l'article dont je t'ai parlé, et mon patron est emballé, il veut faire un dossier, la couverture et tout le tintouin ! Tu te rends compte ?

Après quelques minutes, Neal le rejoignit dans le salon, une tasse de café à la main ; il avait l'air extrêmement soucieux.

— Nathan, je ne crois pas que ça soit une bonne idée.

— Quoi... Qu'est-ce qui n'est pas une bonne idée ? répliqua vivement l'intéressé, plus surpris qu'agressif.

— Cet article.

En voyant le visage de Nathan se décomposer, le jeune comédien se reprit rapidement :

— Non, enfin, pas ton article en lui-même, mais de parler de moi, de mettre des photos de moi. En couverture, c'est absolument impossible, pas plus qu'à l'intérieur, d'ailleurs.

— Attends, pourquoi !

Cette fois, Nathan se hérissa. Neal posa sa tasse de café encore fumante sur la table basse. Il prit l'un des clichés où on le voyait s'adresser à son petit groupe et, tout en examinant la photo, il répondit en soupirant :

— Si Brian tombe là-dessus, et ne t'inquiète pas, il finira par tomber là-dessus, il va en profiter pour créer un scandale sans réfléchir deux minutes aux conséquences. Il a toujours voulu se prouver des choses, il n'a jamais digéré de n'avoir pas pu aller se battre là-bas, en Europe. Et pendant ce temps-là, moi qui me complaisais dans la poésie... Alors, rien que pour montrer qu'il est un bon patriote, un vrai mec, le seul vrai mâle de la famille, il pourrait...

— Mais enfin, qu'est-ce qu'il peut nous faire, ce pauvre type, franchement ? le coupa Nathan, dubitatif.

Il ne voyait pas où l'étudiant voulait en venir. Neal reposa la photo et se tourna vers lui, les yeux remplis d'inquiétude.

— Nat, mon frère est policier.

— Pardon ! faillit-il s'étrangler.

— Mon frère est flic, Nathan, répéta Neal avec un soupir.

— Tu te fous moi ?

— Non. Hélas, non.

— Et c'est maintenant que tu me dis ça !

Debout devant lui, Nathan vit Neal passer de la contrition à l'exaspération.

— Oh, parce que tu crois que j'allais te balancer ça quand ? Entre deux bières au Remo ? Tu m'aurais viré de ta vie dans la seconde !

Nathan, plutôt que d'objecter, émit un claquement de langue sec et détourna le regard, ce qui eut le don de hérisser Neal.

— Me dis pas le contraire, je sais que c'est vrai. Au fait, tu l'as déjà croisé, c'est lui qui a failli nous serrer avec ses collègues. Tu sais, il y a quelques semaines, lors de cette descente dans ce bar où tu voulais m'emmener. J'en ai entendu parler pendant un bout de temps, je peux te dire.

Nathan n'en croyait pas ses oreilles. Il se passa la main sur le visage et tenta de dompter la colère qu'il sentait monter en lui, comme le lait qui bout dans une casserole, en adoptant une attitude indifférente.

— Très bien, de mieux en mieux. Et donc, il va faire quoi, ton frangin ?

— Je ne sais pas… Il apprendra que c'est toi l'auteur de cet article. Avec son métier, il peut nuire si facilement. Il dira que je t'ai laissé me baiser pour apparaître en couverture d'un magazine de stars. Il jettera de la boue sur ton travail, sur mon groupe de théâtre. Il t'accusera d'être homosexuel.

— Et alors, qu'on dise que je suis pédé et après ? C'est pas comme si j'étais communiste ! railla Nathan, cynique.

Neal réagit à sa remarque avec une fougue cinglante :

— Mais enfin, ne sois pas ridicule ! Tu es le premier à déblatérer sur McCarthy et son régime paranoïaque, à me gonfler sur les droits des homosexuels qui sont jugés comme les sorcières de Salem, et tu vas me dire que balancer ça à la une d'un journal qui tire à sept cent mille exemplaires par semaine, c'est que dalle !

La réaction de Nathan fut épidermique : il se leva d'un bond, les poings serrés.

— Non ! Non justement, ce ne sera pas « que dalle » ! Et tant mieux ! Tu as vu ce qu'a osé faire Arthur Miller[64] et… et tous les autres ! On a encore une Constitution, merde, on a la liberté d'expression ! Et plus on parle et plus on dénonce, et moins on risque quoi que ce soit ! C'est la puissance de nos voix qui renversera cette tyrannie à la con !

Qu'est-ce qui lui prenait tout à coup ? Depuis quand se croyait-il le héraut des droits des homosexuels ? Depuis quand s'était ouverte cette brèche dans sa méfiance, ce

---

[64] *Les Sorcières de Salem*, pièce de théâtre du dramaturge Arthur Miller, a été écrite en 1953 comme une dénonciation flagrante des procès du maccarthysme. Elle devient en seulement un an un classique et remporte un grand succès en 1954 lorsqu'elle est rejouée à Broadway.

cratère d'où s'échappait une farouche envie de clamer haut et fort son droit à aimer ? C'était comme si ça lui était arrivé d'un coup, comme une averse glacée, comme un tremblement de terre. L'amour qui déteste l'ombre, qui fait fuir le silence et prendre les armes. Se planquer, ne se permettre que de brefs moments d'excitation dans les recoins sombres et puants de la ville : ça lui collait la nausée maintenant. La peur, la honte, le rire de Richard : Nathan ne voulait plus de tout ça. Il voulait se les arracher du cœur, de l'esprit, de l'âme. Finis les pansements suppurants, finie la paranoïa fétide. Il voulait mettre ses plaies à vif et les laisser enfin cicatriser au soleil. Mais Neal eut un petit rire moqueur qui lui vrilla les nerfs.

— Je ne remets pas en cause ton talent, Nathan, mais tu n'es pas Miller. Ses pièces font se déplacer les foules et il a derrière lui toute l'élite intellectuelle de ce pays ! Toi, tu ne seras pas protégé par tes pairs. Le gouvernement te tombera dessus, pour l'exemple, et toi, modeste journaliste débutant, tu finiras en tôle ou ils te pousseront au suicide !

Nathan se planta devant lui et le toisa avec un brin de mépris.

— Dis plutôt que, *toi*, tu as peur de te faire sortir du placard de force ! Les grandes idées de liberté, Paris et tout le tintouin, c'est bien beau, mais quand il s'agit de les claquer à la face du monde, y a plus personne. Neal, il va falloir que tu arrêtes un jour d'être un lâche.

Le jeune homme soutint son regard, les yeux remplis d'une colère furieuse qu'il peinait visiblement lui aussi à contrôler.

— Je n'ai pas eu besoin de toi jusqu'à présent pour vivre ma sexualité, Nathan, ni pour être à l'aise dans ce que j'étais. Dans cette histoire, rappelle-toi, c'est toi qui es venu me chercher, c'est toi qui m'as convaincu de tenter l'expérience.

Il avait l'art de trouver les mots qui blessent, Nathan devait bien le reconnaître. Mais au jeu du cynisme, il pouvait se montrer tout aussi cruel.

— Je t'ai corrompu, c'est ça que tu veux dire ? Tu n'étais pas obligé d'accepter, tu n'étais pas obligé de me suivre. Tu disais pourtant que je n'ai rien du pervers chasseur d'étudiants innocents, non ? Revenez-vous sur votre analyse, docteur ?

Il termina sa phrase en affichant un sourire insensible. Il venait de moucher le jeune comédien, mais n'en était pas fier. Comment sa rage avait-elle pu monter si vite ? Alors qu'il aurait dû être calme, alors qu'il aurait dû écouter, après tout ce que venait de traverser Neal, il se devait de... Mais il avait peur, lui aussi, et il avait besoin de se protéger... lui aussi. L'attaque était un moyen de défense comme un autre.

— Tu peux vraiment te comporter comme un connard parfois, tu sais ? lui renvoya Neal d'un ton désabusé.

Il fit mine de le contourner avec dédain pour retourner dans la cuisine et échapper à leur débat, ce qui eut le don d'ulcérer Nathan, qui n'en avait pas fini avec ses arguments.

— Mais bon sang, on a ce devoir ! Il nous FAUT montrer aux gens ce que nous sommes ! On ne peut pas rester cachés à attendre de se faire tous éradiquer ! Ce monde a BESOIN d'actions, de courage, de volonté ! Qu'est-ce qu'il faut que je fasse pour te faire comprendre ! enchaîna le photographe, à bout de nerfs, en lui saisissant le bras.

Neal se dégagea vivement. Sa réplique fut cinglante :

— Je ne sais pas, une bonne beigne, peut-être ?!

Nathan s'interrompit, horrifié. Plusieurs secondes passèrent durant lesquelles les deux hommes se dévisagèrent.

— Je ne suis... pas ce genre de mec, balbutia Nathan, encore sous le choc.

— Non, tu n'es « plus » ce genre de mec, nuance,

répliqua Neal sans ciller.

— Comment peux-tu oser me dire ça ?

— Et toi, comment peux-tu oser me traiter de lâche, tout ça parce que je ne veux pas être la bannière d'une de tes guérillas personnelles contre le gouvernement !

— « Personnelles » ? Mais ce n'est pas personnel ! C'est le combat des nôtres contre cette société qui nous rejette et nous bâillonne ! Nous devons être un exemple, un modèle pour ces jeunes que l'on colle à l'asile ou en prison, où ils ne peuvent que se taire et souffrir. Toi et moi, on peut montrer la voie, on peut ouvrir les yeux de leurs parents !

— Ah oui ? Et que crois-tu que les gens retiendront de ton article ? Un étudiant pervers qui tente de se tailler sa part de paillettes en profitant d'une jeunesse à l'abandon : point barre ! C'est surtout un bon moyen pour pourrir tout ce que j'ai essayé d'entreprendre avec ces gamins ! Si c'était pour foutre ma vie en l'air, ce n'était pas la peine de me prendre comme modèle ! Et tu vois, moi aussi, j'ai encore une voix et des droits, et je t'interdis d'utiliser une seule des photos que tu as prises de moi ! Je t'interdis de parler de moi dans ton article. Tu m'effaces de tout ça, compris ! assena Neal, définitif.

Nathan fut parcouru d'un frisson d'effroi. Tout s'effondrait autour de lui.

— Tu ne peux pas me demander ça ! Tu sais tout le boulot que c'est, tout ce qu'elles représentent pour moi, ces photos, ne sut-il que dire d'un ton pathétique.

— Ah oui, TES photos, elles représentent tellement pour toi, hein ? Elles sont belles, froides, muettes, asservies, mortes ! Elles comptent tellement plus que le modèle, *elles* ! Le modèle, qui est bien vivant, qui a un point de vue, qui a des émotions ! PUTAIN, NATHAN, le modèle qui a des SENTIMENTS !

— Ah, nous y voilà ! C'est ça ta manière de me déclarer

ta flamme ! À propos, tu sais enfin à quoi t'en tenir, ou pour ça aussi je dois encore attendre que tu te décides ?

— Arrête, ne rentre pas sur ce terrain-là, c'est puéril.

— Ah bon ? C'est moi qui suis puéril. Pourtant c'est simple : tu m'aimes, OUI ou NON ?

— Tu crois que je suis en état de répondre à cette question maintenant, vraiment ?

— Très bien, je te laisse le temps d'y réfléchir jusqu'à ce soir, alors.

Nathan se dirigea vers l'entrée et enfila ses chaussures. Il valait mieux qu'il s'en aille, ils s'étaient fait suffisamment de mal. Derrière lui, Neal venait de balancer un coup de pied dans la table basse ; Nathan ne se retourna pas au bruit que fit sa tasse de café en explosant sur le parquet. Ce genre de détail n'avait aucune importance, plus rien n'avait d'importance. Lorsqu'il se saisit de son manteau, il entendit son amant ravaler un sanglot. Une question voilée de larmes déchira le silence :

— Et si ma réponse est « non », tu feras quoi ?

Nathan ne répondit pas. Il s'en voulait atrocement, il se sentait comme un gosse qui a fait une énorme bêtise et qui n'a qu'une envie : rejoindre les bras de sa mère, même si c'est pour se faire gronder. Sauf que sa mère à lui n'avait jamais voulu que son fils vienne lui pleurer dans les jupes.

Sa gorge était serrée à lui couper la respiration. Il fallait qu'il aille prendre l'air, il fallait que des heures passent pour qu'il trouve en lui la sérénité nécessaire pour revenir s'excuser. Et puis, de toute façon, à cette question, il n'avait pas la réponse. Alors il partit en claquant la porte.

NEW YORK, 1954

***

À son retour, ce soir-là, Nathan trouva l'appartement vide. Ne restaient que le silence, l'obscurité et des dizaines de photos noir et blanc étalées sur la table basse.

Neal était parti.

Point focal

LE *POINT FOCAL* EST L'ENDROIT SITUÉ SUR L'AXE OPTIQUE D'UN OBJECTIF OÙ CONVERGENT TOUS LES RAYONS LUMINEUX.

Cette ville, ce pays sont un havre de paix depuis maintenant six ans pour le jeune professeur de lettres du lycée international, assis à son bureau en ce début d'après-midi. Il fait un temps superbe, près de 15 °C, et une délicieuse tiédeur, ornée d'un ciel où moutonnent à peine quelques nuages blancs, donne à Paris une saveur d'été indien.

Doux, le soleil caresse le bord de la fenêtre ouverte. Une brise fraîche froissant les branches fait s'envoler les feuilles bientôt attaquées par l'automne. Le bruissement est apaisant, comme le son de sa vieille radio qui diffuse doucement les notes et les voix chaudes des plus grands noms du blues[65] dans la minuscule pièce emplie de livres. Le bureau du professeur Neal Willows est situé au rez-de-chaussée d'un bâtiment moderne tout en béton et lignes brutes donnant sur les grands arbres du parc au fond duquel un haut mur cache la vue sur le petit cimetière des

---

[65] En 1960, en France, la seule radio qui diffuse du jazz et du blues est Europe n° 1 dans son émission *Pour ceux qui aiment le jazz*, présentée par Daniel Filipacchi et Frank Ténot, un ami de Boris Vian.

Batignolles. Plusieurs groupes d'élèves s'égaillent sur les pelouses ; plutôt sages, ils ne font guère de bruit et révisent leurs notes ou discutent tranquillement.

Neal profite de ce moment de paix avec délice. Ses cours, étalés tout autour de lui, jonchent le bureau, les chaises et le sol. Il sait qu'il passe pour un excentrique désorganisé avec ce perpétuel fatras, mais il s'en moque. C'est même plutôt une bonne manière pour lui de s'attirer la sympathie de ses étudiants, la plupart ayant tendance à faire le double de son gabarit ; il a eu vite fait de comprendre à son arrivée que l'intimidation ne serait pas son arme principale. Ah, ça, il n'est toujours pas plus épais qu'une tringle, les mérites de la nourriture française n'ont rien fait pour corriger son physique fluet.

Neal se passe la main dans les cheveux, sur la nuque, et grimace. Ces mèches sont trop courtes, ébouriffées et incoiffables. Hella n'y était pas allée de main morte avec les ciseaux, cette fois-ci ! Vingt-neuf ans, et il a l'air d'en avoir dix-neuf ! C'est pour ça qu'il essaye de se faire pousser la barbe – pas grand-chose, pour l'instant un peu de poil sur le menton qui lui donne un air de beatnik[66], très en vogue depuis que Kerouac et Ginsberg ont ravagé les morales trop sages à coups de poésie déchirée, de drogue et de sexe. Ici, en France, la mode beatnik a fait l'effet d'une bombe sur les milieux intellectuels et étudiants. On ne parle que de ça. C'est tellement plus excitant que ces yéyés pour adolescentes à couettes. C'est plus subversif aussi. Tout ce qui vient des États-Unis est vu comme subversif, que ce soit le rock, la pilule contraceptive ou les fast-foods. Il la faut, cette étincelle, sinon on s'ennuie. Et puis ça fait du bien à la jeunesse d'ici de rêver à des rébellions intellectuelles après toutes ces années à reconstruire le pays dans une ambiance

---

[66] Beatnik : oui, en 1960, on ne parle pas encore de hippie, mais de beatnik, ces membres de la *Beat Generation* lancée par la bande de Kerouac (son roman manifeste *La Route* est publié en 1957 aux USA).

d'austérité et de retour à l'ordre. À Paris, pourvu qu'ils soient artistes et un brin frappadingues, les Américains sont les bienvenus.

D'ailleurs, à son arrivée à l'été 54, ses faux airs de poète maudit ont été très utiles, ça et le bagou d'Hella. Déjà, cela leur a servi à trouver une piaule après que le père d'Hermine eut décrété qu'il ne serait pas l'hébergeur des deux paumés ramenés par sa fille. Elle a bien râlé un peu, Hermine, mais son père n'a rien voulu savoir. Et puis, de toute façon, Hella avait trop d'amour-propre pour se laisser entretenir. Alors, tandis que sa copine réintégrait l'appartement de papa du faubourg Saint-Honoré, la fière poétesse et lui sont allés traîner leurs guêtres dans le Quartier latin. Tout ce que l'Amérique avait refoulé de créatifs barrés y était déjà installé, c'était pas trop dur à trouver. Dans ce quartier, il y avait autant d'hôtels miteux que de troquets puants. C'est pour vous dire.

Le leur, de refuge, ce fut le Beat Hotel. Ce n'était pas son vrai nom, mais les proprios, les Rachou, avaient une vraie passion pour les locataires déglingués et vaguement poètes venus des States. Et puis il n'avait pas de nom, cet hôtel, le père Rachou n'avait jamais eu l'inspiration, alors il avait laissé « Hôtel Café Vin Liqueur » au-dessus de la porte et ça lui suffisait. C'est William Burroughs qui avait trouvé le nom, il paraît, à moins que ça soit Ginsberg[67]. À l'intérieur, ça sentait le graillon dans l'escalier et Neal était presque sûr que le rez-de-chaussée était infesté de rats et de cafards. N'empêche... il y avait une ambiance extraordinaire dans ce cloaque et une fête pratiquement tous les soirs dans une des quarante-deux chambres minuscules. La mère Rachou, elle adorait ça, que ses locataires soient heureux. Elle en aidait souvent à remonter les escaliers quand ils étaient

---

[67] Le Beat Hotel au 9 rue Gît-le-cœur accueillit jusqu'en 1963 tout ce que Paris faisait de beatnik. Burroughs et Ginsberg, deux membres de la bande à Kerouac, y ont séjourné et écrit.

trop bourrés. Fallait la voir, haute comme trois pommes, qui d'ordinaire devait monter sur une caisse pour y voir au-dessus du comptoir, traîner ces grands crétins d'Alabama ou de je ne sais où en leur sortant des phrases désarmantes du genre : « C'est pas raisonnable, ça, mon garçon, qu'est-ce qu'elle dirait, ta mère ? »

En même pas deux jours, Neal se l'était mise dans la poche. En quatre ans qu'ils avaient vécu là avec Hella, pas une fois elle ne leur avait fait une seule remarque. Ils passaient pour le petit couple discret et propre sur lui. Et pourtant, si elle avait su ce qu'étaient leurs vies... Enfin, c'est pas dit que ça l'aurait défrisée tant que ça, la mère Rachou. En fait, Neal était quasi sûr qu'elle se fichait pas mal de le voir revenir au bras d'un garçon certains soirs et le lendemain au bras d'une fille, ni qu'Hella fasse de même. Paris et ses libertés : ce n'était pas un mythe que cette ville faisait perdre la tête !

À deux pas de leur hôtel, il y avait le café *La Pergola*, où on trouvait facilement des garçons intéressés par une nuit dans les bras d'un type à l'accent amerloque ou d'une belle plante à la peau sombre, voire les deux en même temps, si le cœur était léger. Et puis, quelques rues plus loin, il y avait la Librairie anglaise, tenue par la pétillante Gaït, qui laissait volontiers les clients se bécoter entre les étagères. Alors Neal et Hella, comme deux papillons, s'étaient perdus et brûlé les ailes aux feux de joie de la Ville lumière. Mais à force de se chercher, Hella avait su se retrouver. Lui, pas sûr... Pas sûr non plus qu'il sache après quoi il courait.

Neal soupire. Il en a fait du chemin, pourtant. Prof, c'est un beau métier. Mais il est morose en ce moment et il ne sait pas très bien pourquoi. Alors il pense à la soirée qui l'attend et qui promet d'être agréable. Hella et Hermine le reçoivent pour dîner ce soir. Il se dit qu'il faudra qu'il apporte le ravitaillement ; il y a peu de chances que ses hôtesses aient cuisiné quoi que ce soit. Les deux jeunes femmes se revendiquent comme pures féministes et refusent la tyrannie phallocratique qui veut que ce soit les femmes qui fassent à manger pour les hommes. Cela mène à la situation assez surréaliste qui consiste à lui faire apporter le dîner lorsqu'elles l'invitent à manger chez elles.

Neal sourit. Depuis deux ans, elles ont leur chez-eux. C'est assez magique, quand on y pense. Cela a pris un peu de temps, mais Hermine a fini par gagner. Contre son père, contre les idées reçues, contre la société machiste, contre le caractère farouchement entêté d'Hella et sa phobie de la vie de couple ; bref, contre tout. Si Neal avait un modèle à suivre, ce serait elle. Elle qui vit avec la femme de sa vie. Elle qui a fondé sa propre maison d'édition. Elle qui publie, aussi improbable que ça en ait l'air, presque exclusivement de la littérature érotique anglophone. Et il y a un vrai public pour ça ! Les romans des éditions Hope[68], que les touristes anglo-saxons s'arrachent comme des croissants « pur beurre », ont de beaux jours devant eux. Hermine, courageuse Hermine, qui lui a littéralement sauvé la vie, il y a six ans, quand il a débarqué à la porte de son appart sans un sou, un coquard sous l'œil droit et le cœur brisé. Elle a eu vite fait de tout plaquer, de convaincre Hella de passer enfin le pas et de mettre tout son petit monde dans le premier paquebot pour l'Europe, pour la France, pour Paris, pour leur rêve à tous les trois. Et cela même s'ils étaient loin d'être prêts, même si lui ne l'était pas du tout…

Est-ce qu'elle savait dans quoi elle les embarquait en réalité ? Pas vraiment, sans doute, mais elle est comme ça, cette fille, elle se lance ; pour le reste, on improvise. Cela lui a toujours bien réussi. Et même s'il lui a fallu lutter pour reconquérir son indépendance et le cœur mi-loyal, mi-éclopé

---

[68] Cette maison d'édition, fictive, est fortement inspirée d'Olympia Press, fondée par Maurice Girodia, qui se spécialisa à cette époque dans les DB, les *Dirty Book*, des romans coquins anglophones vendus sous le manteau dans les librairies parisiennes pour le grand plaisir des touristes.

de sa belle poétesse, maintenant elle est heureuse. Toutes les deux font une paire charmante et soudée, militante de tous les droits et de toutes les causes. Et aux dernières nouvelles, il était question qu'elles retournent s'installer aux États-Unis, sur la côte ouest cette fois. San Francisco serait le nouvel Eldorado de la culture underground, là où il faut être pour changer le monde. Quelques valises à faire, quelques contacts à prendre, la maison d'édition laissée aux mains d'une amie de confiance, et voilà qu'elles vont repartir à l'aventure. Neal a hâte de les voir ce soir pour parler avec elles de ce nouveau et extraordinaire projet.

Il s'étire et se lève de son bureau, tenant une feuille griffonnée à la main. Il se délie les jambes en faisant quelques pas. Aujourd'hui, le jeune professeur de littérature ne corrige pas de copies. La rentrée a eu lieu il y a un peu moins de deux semaines et il n'a pas encore demandé à ses élèves de rendre un devoir. Non, aujourd'hui, il profite du calme et du beau temps pour retravailler ses cours. Il doit y mettre un soin particulier, car la moitié d'entre eux sont en français et, même s'il comprend à présent très bien cette langue, il a encore beaucoup de mal à la prononcer correctement. Ces fichues lettres muettes en fin de mot lui donnent bien du fil à retordre. Cette phrase-là, d'ailleurs, cela fait quatre fois qu'il la relit : « Si le réalisme marqua la littérature européenne au milieu du 19e siècle, c'est d'abord parce que les... » Il finit par la déclamer à haute voix comme pendant une répétition de théâtre.

Le théâtre...

Six ans qu'il n'est pas monté sur les planches. Six longues années qu'il n'a pas dit une seule réplique d'une seule scène, d'une seule pièce. Mais être professeur, avoir près de 30 ans, vivre dans cette ville, dans cette décennie : tout est si loin de cette autre vie. Des années, des kilomètres... Son passé est un ailleurs qu'il a parfois

l'impression de n'avoir jamais visité. Et le théâtre est pour lui un souvenir presque irréel maintenant. Il lui reste si peu de choses de cette période de sa vie.
Si peu...
Et tellement...
Tout.
Neal ferme les yeux. Sa gorge s'est nouée.
Il y a eu cet article.
Des photographies et douze pages dans le numéro hors-série de juillet 1954 du *Broadway Weekly News*. Un article entier, brillant, pudique, servi par un magnifique travail de maquettage. Il fallait cela, et pas moins, pour saluer l'éclatant talent de son auteur, ce jeune journaliste et photographe, à présent reconnu par toute la profession. On dit que c'est cet article qui lui a ouvert les portes des galeries d'art et les bras des rédactions les plus élitistes. Il est vrai que c'était un beau sujet. Une enquête fine et sensible sur la jeunesse abandonnée qui cherche à survivre par la culture. L'histoire d'une troupe de théâtre amateur qui s'accroche à un rêve, celui du dialogue entre les communautés. L'article intitulé *L'autre Broadway* était signé en capitales au bas de la dernière page : Nathanaël Atkins. Neal l'a gardé précieusement.

Tom, avec qui il avait correspondu quelque temps, lui avait envoyé cet exemplaire. Il ne voulait pas de nouvelles de Nathan à l'époque, mais Tom, pas forcément très fort pour la subtilité, lui en avait donné quand même. Un peu. C'est comme cela qu'il avait appris que le photographe était repassé pendant plusieurs mois au San Remo, qu'on l'avait vu traîner devant l'immeuble du cours de théâtre, puis... il avait fini par abandonner.

Neal avait glissé le magazine dans le tiroir de sa table de nuit. À chaque fois qu'il pose les yeux sur ces photographies, il ressent comme... un souffle de mélancolie ou... une sorte de... Non, il ne sait pas. Il ne veut pas savoir ce qu'il ressent.

Il n'est pas nostalgique, non, il aime juste relire cet article de temps en temps et admirer les photos pleine page. Elles sont si éclatantes, si vivantes, dans leur noir et blanc intime malgré le papier glacé.

Il n'est pas nostalgique, non, lorsqu'il regarde cette image de Tom, si grave et sérieux, qui lève les bras pour déclamer, et cette autre où Hella est saisie avec une de ses moues caractéristiques. Il y a celle de Matthew, aussi, qui rigole en relisant pour la millième fois ses dialogues. Et, enfin, celle d'Hermine, pétillante de joie, qui regarde avec tendresse et une pointe d'envie un jeune homme, de dos, qui semble capter toutes les attentions.

Neal n'est pas nostalgique pour ce jeune homme qu'on ne voit pas une seule fois de face de tout l'article. Non, pas nostalgique pour ce comédien sans visage dont on reconnaît la silhouette sur tous les clichés. Cette présence en ombre, obstinée, que le photographe n'a, malgré tout, pas pu supprimer de l'image.

N'a pas *voulu* supprimer de l'image.

Pas de visage. Pas de nom. Pas une fois. Pourtant, il hante chaque page, chaque détour de phrases.

Il est là.

Il était là.

« Il a dit que tu étais comme ma muse... »

« Arrête, Nathan, c'est ridicule... »

« Il a raison. Tu as transformé ma manière de voir, Neal. Depuis que je te connais, j'ai les yeux ouverts ! C'est incroyable ce que tu... »

« Nathan, je n'ai rien fait, tu as du talent, tu en as toujours eu et je n'y suis pour rien... »

« Non, c'est grâce toi, le jour où je t'ai vu, toi... en plongeant dans tes yeux, j'ai appris à voir. »

Neal inspire profondément. Sa poitrine lui fait mal. Sa mémoire lui fait mal. Il ferme les yeux un instant. Cette même douleur qui le rattrape depuis six ans, quoi qu'il fasse, quoi qu'il veuille. Il y a Nathan, là, au détour de ses pensées, propriétaire à vie d'un pan entier de son passé et de son cœur.

Merde...

Neal déglutit, s'appuie sur le bureau et se masse les tempes. Il faut qu'il fasse taire tout ça, qu'il l'enfouisse plus loin, plus profond. La journée est trop belle pour tomber dans les méandres des souvenirs. Une longue inspiration. L'air est si doux, c'est agréable, cette fraîcheur qui vous traverse entièrement en emplissant votre esprit de clarté. Quelques secondes s'écoulent. Et la vague de mélancolie passe, ne laissant que ses traces diffuses sur le sable de ses émotions, jusqu'à la prochaine marée.

Il se rassoit, replonge dans ses cours. La radio continue d'emplir l'espace de musique et de paroles mêlées en fond sonore. Et le temps persiste à faire lentement mourir l'après-midi. On frappe à la porte du bureau.

— Oui, entrez !

Neal lève les yeux et sourit. C'est une de ses élèves de 2e année, qui lui tend un paquet.

— Bonjour, professeur, on m'a dit de vous remettre ceci.

Neal saisit le colis couvert d'un papier kraft. Peut-être l'un des livres qu'il a commandés à la librairie de l'université.

— Merci, mademoiselle Baker, mais il ne fallait pas vous déranger, j'aurais pu le récupérer à la salle commune.

— On m'a dit de vous le remettre en main propre. Bonne fin de journée à vous, professeur.

La jeune fille se tourne pour sortir et Neal ne peut s'empêcher de lui lancer :

— Merci, et pas de folies avec Vincent et mademoiselle Lenoir ce soir, sinon je vais avoir tout le premier rang endormi demain matin !

L'étudiante laisse échapper un gloussement et sort en le saluant. La porte se referme dans un bruit de bois sec. Une clarinette jazz prolonge le souffle du vent et anime le silence dans le bureau. Neal regarde le paquet, intrigué par l'absence d'indications sur l'emballage brun. Il passe la paume sur le papier uni. Tiède, comme resté au soleil ou serré contre soi, un peu rêche, il a voyagé. Il semble vouloir lui dire beaucoup de choses, ce simple paquet.

À la radio, une voix monocorde remplace un instant les notes :

— *Et à présent, chers auditeurs, nous allons écouter la reine du blues. Sa voix chaude nous vient tout droit d'outre-Atlantique, l'envoûtante Dinah Washington qui, pour vous, chante : This Bitter Earth*[69]...

Neal hésite. Une étincelle crépite en lui, une sensation étrange qui lui picote le cœur, lui éveille les nerfs. Des notes de blues, quelques-unes seulement, discrètes, flottent dans la pièce. Neal commence à retirer délicatement la bande adhésive. Il prend son temps, ne voulant pas arracher le papier d'emballage si nettement plié.

This bitter earth. Well, what a fruit it bears.

La voix chaude de la chanteuse emplit de son velours l'air autour de lui. Quelques instants plus tard, la couverture du livre apparaît. Pas de titre. Sur le papier glacé : une rue de New York couverte de neige, des passants emmitouflés, des lignes grises et noires, des harmonies de blanc. Une chaleur incroyable qui émane de cet hiver neigeux saisi par l'œil d'un photographe talentueux. C'est elle, New York la

---

[69] Dinah Washington sort *This Bitter Earth* à l'été 1960 (numéro 1 des charts R&B US pendant la fin juillet).

grande dévoreuse d'illusions, captée dans toute sa beauté d'ogresse. Neal a le souffle coupé.

And if my life is like the dust. Ooh, that hides the glow of a rose, fredonne la douce voix de Dinah Washington.

Le jeune professeur déglutit, mais sa gorge est soudainement trop sèche. Il fixe cette image innocente, cette simple vue de ville, et tente pendant de longues secondes de nier ce qu'il voit. Il voudrait parvenir à croire que cette photographie n'est pas de Nathan. Mais c'est lui, c'est son talent, c'est son âme imprimée sur papier. Neal en reconnaît la beauté malgré lui, malgré tout le temps passé. Il perçoit entre les ombres toute la finesse de perception de Nathan, la grâce avec laquelle il capte l'instant, l'intensité.

Si seulement il avait pu oublier. Si seulement ces quelques mois n'étaient pas restés gravés dans son cœur, s'il ne les avait pas vécus plus intensément que toute sa vie avant et après eux...

Ses mains tremblent. Il n'ose même pas ouvrir le livre. Probablement un album retraçant les plus belles photographies du célèbre reporter. Il ne veut pas se confronter à ces images d'instants qu'il n'a pas connus, à ces années de joies et de succès qu'il n'a pas partagés.

Pas de visage. Pas de nom. Je lui ai demandé de m'effacer.

Il a si peur d'ouvrir ce livre de souvenirs où il n'existe pas. Il ne se savait pas si égoïste, si plein de regrets et d'amertume, encore, autant d'années après cette courte histoire.

Autour de lui, la voix de la chanteuse afro-américaine exprime un désespoir contenu, une onde puissance qui monte et roule, charriant des peines profondes.

Lord, this bitter earth. Yes, can be so cold.

Toutes ces années. Six ans qu'il se construit une vie.

Six ans qu'ils construisent tous les deux leur vie, l'un sans l'autre. Il n'y a rien à regretter. Il n'est pas nostalgique, non. Il ne l'est pas...

Neal avale sa salive. C'est ridicule, cette appréhension. Nathan lui aura simplement envoyé cet ouvrage pour lui montrer sa réussite, comme on écrit à une vieille connaissance que l'on n'a pas complètement oubliée. Rien de plus.

Today, you're young. To soon, you're old.

Pourquoi cela lui fait si mal de penser que ce n'est rien de plus ? Qu'il n'est rien de plus...

Il ouvre le livre.

Sur la page de garde entièrement noire, il y a trois mots inscrits en blanc, juste trois mots : **À ma muse.** Tout d'un coup, Neal en a presque le tournis. Il tourne vivement la page noire et son cœur fait une violente embardée à la vue de la première photographie. Un portrait. Son portrait.

What good is love. Mmh, that no one shares ?

La voix brisée de la chanteuse qui poursuit sa chanson mélancolique lui entre par tous les pores de la peau. Elle est si forte, si profonde ; c'est comme le cri d'un adieu gorgé d'espoir, et l'esprit de Neal n'est plus qu'un brouillard d'émotions.

Il n'ose pas se reconnaître. Ces mèches longues, ce sourire entier, lumineux, ces yeux qui pétillent à la lumière de la fenêtre du San Remo, un après-midi d'il y a six ans.

C'est lui, pourtant.

C'est lui, vivant et heureux, sous le regard de Nathan.

Neal tourne à présent les pages. Ses mains tremblent affreusement. Sa gorge se serre, il déglutit avec peine.

Page après page, les images toujours plus belles, toujours plus fortes, à la fois d'une douceur et d'une passion bouleversantes.

Il est le modèle de chacune d'elles. Il est là, dans toute l'énergie de ses gestes, dans la salle de répétition au parquet usé, déclamant, jouant des rôles, emplissant son esprit de personnages torturés.

C'est lui dans la rue, remontant la 5e Avenue, les mains dans les poches sous la pluie, le bas du pantalon déjà trempé, mais se donnant des airs de James Dean. C'est lui, en train de faire semblant de lire sur le canapé de Nathan, sa paire de lunettes de vue sur le nez et une tasse de thé à la main, les jambes étendues sur l'un des accoudoirs. C'est lui, et pourtant ce qu'il voit, éclatant, saturant les images, imprégnant tout, c'est... de l'amour. Une tendresse, une dévotion absolue, qui finit par lui arracher des larmes, mais il n'esquisse même pas un geste pour les essuyer. Sa vue se brouille d'eau, irrémédiablement. Il se noie, il s'absorbe. Il tourne les pages et découvre sur chacune d'elles un nouveau morceau de lui et un nouveau souvenir d'eux. Il y en a tant, des dizaines d'éphémères éternités retraçant leur histoire.

What good am I ? Heaven only knows.

C'est presque la fin, l'album photo se termine tout comme la chanson, et malgré la douleur qui lui comprime le cœur, Neal voudrait qu'il y ait cent pages de plus, mille. Que cela ne s'arrête jamais, pour avoir l'illusion que Nathan l'a aimé bien plus longtemps que ces quelques mois. Il soupire lentement, la gorge serrée, et tourne enfin la dernière page. Ces yeux s'écarquillent et il sent tout à coup le rouge lui monter aux joues.

Il n'a jamais vu cette photographie, pas celle-ci, il n'en avait pas eu le temps. Elle est si intime qu'il lui est très difficile tout d'abord de la regarder. Il a du mal à se reconnaître.

Est-ce lui, à demi nu, étendu sur le parquet de

l'appartement de Nathan ?

Est-ce lui dans ce regard si brillant ?

Est-ce lui, ces mains épuisées de plaisir, ces lèvres entrouvertes et, sur le torse, la trace encore humide de leur étreinte ?

Comment une image aussi crue peut-elle être aussi belle, aussi pure ?

Quel talent faut-il avoir pour capter à ce point l'absolu de la passion dans un si bref instant ?

Que peut-il y avoir entre deux êtres pour créer un tel miracle ?

Neal, soudain, lâche le livre qui tombe sur le bois du bureau dans un bruit sec et, des deux mains, il tente d'étouffer un sanglot qui s'arrache malgré tout à sa gorge. Nathan ! Il lui manque tellement, atrocement, et c'est trop cruel d'avoir entre les mains cette masse d'émotions imprimées sans pouvoir lui dire, lui crier...

Reviens, retrouve-moi, nous avons assez attendu, nous nous construirons une vie où je ne te demanderai plus jamais de me cacher, nous aurons nos dissensions et nos compromis, mais je n'en peux plus de vivre sans toi. Je sais que je t'aime, maintenant, je l'ai toujours su.

Il aurait dû lui écrire tout cela, il aurait dû essayer de comprendre, de s'excuser... Neal veut s'effondrer sur sa chaise, mais il reste pourtant debout, le visage dans les mains, à pleurer si fort que tout son corps en tremble de douleur.

La crise de larmes se calme après plusieurs longues minutes de chaos. La tête lui fait encore mal lorsqu'il se décide à respirer de nouveau. Il est si bouleversé que son esprit n'a plus une pensée cohérente, c'est un champ de ruines et il est seul en son centre. Mais l'air tiède passe par la fenêtre ouverte et lui rafraîchit la nuque. Alors, les yeux clos, il se tourne vers la douce fraîcheur. Il inspire longuement et s'emplit autant que possible de calme, de réconfort. Le soleil de septembre parvient encore à caresser sa peau. Son visage se détend progressivement et, du dos de la main, il essuie les larmes qui ont coulé en abondance sur ses joues. Le bruit des feuilles, du vent, l'atmosphère autour de lui semble vouloir l'apaiser.

Sa vie aurait été si différente...

Dans ces souvenirs de papier glacé, il était si souriant, si vivant... *si amoureux...*

Il esquisse un sourire presque malgré lui et ouvre les yeux.

Dans ces souvenirs, je souriais parce qu'il me regardait, pense-t-il en tournant son regard par la fenêtre grande ouverte sur le parc.

Clic.

Là, à quelques pas, appuyé au tronc d'un vieux tilleul, un homme fixe l'objectif de son appareil photo sur lui.

Il est vêtu d'un blouson de cuir, d'un col roulé noir et d'un pantalon gris.

Il a des cheveux courts aux reflets clairs, qui s'ébouriffent avec la brise.

Il a ce charisme d'artiste génial qui sait saisir les âmes.

Il a les plus belles mains du monde.

Clic.

Le vent souffle à nouveau...

Les oiseaux sifflent à nouveau...

La radio continue son bruit de fond vague, mais, dans le cœur de Neal, tout s'est figé. Le temps vient de s'arrêter. L'homme abaisse son appareil photo et dévoile son visage, ses yeux gris fixés sur lui sont, eux aussi, emplis de larmes. Il sourit doucement, et c'est le genre de sourire qui implore le pardon, un sourire qui offre à genoux toute une vie.

***

NEW YORK, 1954

    Nathan a eu juste le temps de lâcher son Leica, qui tombe brusquement dans l'herbe verte. Neal, avec ses yeux noisette pétillant de joie, avec ses joues rosies par l'émotion et avec toutes les couleurs d'une énergie éclatante que son être entier est capable à lui seul de faire naître, vient de sauter par-dessus le rebord de sa fenêtre et s'est précipité dans ses bras. Le photographe l'étreint, le nez enfoui dans son cou, le cœur gonflé d'espoir et, à cet instant, irrémédiablement, le noir et blanc disparaît de sa vie.

Fin

> # Making-of & remerciements

13 octobre 2015, 16h15, un cinéma du quartier St Michel, Paris. Je viens de sortir d'une séance du film *Life* d'Anton Corbijn. Une histoire vraie, presque un biopic : Dennis Stock, un photographe de *Life Magazine* fait un reportage sur James Dean à la veille du film qui fera sa célébrité : *À l'est d'Éden*. L'Amérique sublimée par le noir et blanc. Une interprétation très sobre. Quelque chose dans le propos qui résonne, qui fait clic. Une fois sur le trottoir, j'ai mon idée de scénario. Ou plutôt des questions qui forment déjà la trame d'une romance : et si l'inspiration n'était qu'une introduction à l'amour ? Et si le photographe tombait amoureux du modèle ? Et si j'allais fouiller dans cette époque sombre du maccarthysme ? Les premiers chapitres n'ont pas mis longtemps à venir. L'épilogue, lui, a eu besoin de cette chanson de Dinah Washington, elle aussi découverte au détour d'un film, pour prendre son rythme.

Mais, pour faire tout un roman, il y a bien d'autres ingrédients à ajouter à la recette :

« Écrire en noir & blanc, sans couleur autre que le rouge inactinique » est une idée de l'inventive Violette, toujours prête à me soumettre des défis d'écriture. Merci, chère bonne fée, de veiller à ce que je me remue les méninges.

Le sombre Richard et les cicatrices de Nathan ont été développés en discutant avec l'ami Vincent, au regard si juste quand il se prend à être sérieux.

Le personnage d'Hella et nombre de lieux et ambiances furent captés dans les lectures conseillées par les bénévoles de la bibliothèque du Centre LGBT Paris-IdF, source inépuisable de savoir.

Première lectrice et bonne fée de l'écriture en titre : Hermine, mon amie, merci mille fois. Ce personnage est un modeste cadeau qui ne remboursera jamais les dizaines d'heures que tu passes à me relire et les centaines d'autres à me soutenir.

Yooichi Kadono, merci pour cette illustration de couverture, qui reste l'une de mes préférées, autant pour les superbes effets de lumière que pour la si impudique chute de reins de Neal que vous avez si bien su représenter.

Noah, une demi-planète nous sépare, mais nous avons réussi à nous comprendre et à venir à bout de cet énorme travail d'illustration. Merci pour votre énergie et votre créativité. À ce propos, l'illustrateur de ce tome m'a été recommandé par une consœur et amie, Laëtitia Tran, vivante preuve que la sororité existe.

Merci à Jenn et à Cate, éditrices à la patience d'ange, qui contre vents et marées, et ouragans et tsunami, et planning foireux et j'en passe, continuent à croire en cette saga.

Enfin et comme toujours, merci aux lecteurs et lectrices, aux potes et aux amis, et toutes celles et ceux qui passent par là et laissent un gentil mot d'encouragement. MERCI !

Chara Design par Yooichi Kadono

Bibliographie

Pour explorer ce que fut la vie homosexuelle à New York :

MILLER, Neil. *Out of the Past, Gay and Lesbian History from 1869 to the Present.* 1re édition. New York : Vintage Books Edition, 1995, 657 p.

KAISER, Charles. *The Gay Metropolis, 1940-1996.* 1re édition. New York : Houghton Mifflin Company, 1997, 404 p.

DOS PASSOS, John. *Manhattan Transfer.* 1re édition traduite en français, Paris : Gallimard, 1973, 507 p.

BALDWIN, James. *La Chambre de Giovanni.* Multiplement rééditée. Version poche aux éditions Rivages, 1998, 256 p.

Pour se plonger dans l'ambiance des années 50-60 :

Life, film réalisé par Anton Corbijn, 2015. Avec Robert Pattinson dans le rôle du photographe Dennis Stock.

LORDE, Audre. *Zami – A New spelling of my name.* Royaume-Uni : Collins international, 1998, 240 p. Version française chez Mamamelis Éditions, 2021.

KEROUAC, Jack. *Les Souterrains*, mais aussi *Les Clochards célestes* ou encore *Le Voyageur solitaire.* Versions poche et en français disponible chez Folio.

GINSBERG, Allen. *Howl et autres poèmes.* Paris : Christian Bourgois éditeur, 2005, 96p. (et nouvelle édition à paraître prochainement).